〈螺《ら》旋《せん》プロジェクト〉とは

What is the RASEN Project?

「共通ルールを決めて、
原始から未来までの歴史物語を
みんなでいっせいに書きませんか？」

伊坂幸太郎の呼びかけで始まった8作家=**朝井リョウ、天野純《すみ》希《き》、伊坂幸太郎、乾《いぬい》ルカ、大森兄弟、澤田瞳《とう》子《こ》、薬丸岳《がく》、吉田篤弘**による競作企画。本作はこの企画から生まれた。

ルール1

「海族」vs.「山族」の対立を描く

ルール2

共通のキャラクターを登場させる

ルール3

共通シーンや象徴モチーフを出す

でも面白いけれど、続けて読むともっと面白い！
\螺旋/に隠されたメッセージを、あなたはいくつ読み解けるか。
コラボレーションをより楽しむヒントは次ページから。

〈螺旋〉の秘密を解くカギ

Keys to unlock several secrets of the RASEN

謎めいた「伝承」

本篇の前後に置かれた「海と山の伝承」は、
全作品が共有する〈螺旋〉のエッセンス。

対立する一族の特徴

山族
- 耳が大きい
- 野山に強い
- 犬と仲良し

海族
- 瞳が青い
- 水に強い
- 猫が好き

どの物語にも出てくる「超越的な存在」

「海族」「山族」の対立の歴史を
知るキャラクターで、物語によって
性別や年齢、姿形は異なる。

それは誰なのか?

共通のシーンが必ずどこかに

時は夕暮れ、何かが壊れるとき、
8作家8様の演出で「対立」を
めぐる会話が始まる。

物語の後半に出現?

作品をまたいで見え隠れするモチーフ

作家が互いの伏線を拾い合い、物語をつなぐ重要な役割を果たすことも——

RASEN PROJECT

Chronology

〈螺旋〉年表

★この年表はネタバレを含みます

年表の見方
青の文字……海族　**緑の文字**……山族
オレンジの文字……主な共通アイテム

原始

BC

3000
寒冷化が始まる
イソベリが海岸で集落をつくる
ヤマノベが山から海辺へ押し寄せる
ウナクジラが**イソベリ**の聖地・シオダマリに座礁する
イソベリと**ヤマノベ**の対立、激化
ウェレカセリの描いた**壁画**が発見される

昭和後期に再発見され、ニュースに!?

古代

AD

724　**聖武天皇**即位、**光明子**が皇后に
729　**長屋王**の変（**藤原**四兄弟の陰謀）
740　**藤原広嗣**の乱、その後遷都が相次ぐ
752　東大寺大仏開眼供養
753　鑑真来日
756　**聖武天皇**崩御

940　**平将門**の乱、終結
1185　屋島・壇ノ浦の戦いで**源氏**が**平家**を滅ぼし鎌倉幕府開設

『ウナノハテノガタ』
大森兄弟

『月人壮士《つきひとおとこ》』
澤田瞳子

イラスト：スケラッコ

中世・近世

1192	源頼朝、征夷大将軍となる
1198	頼朝、落馬（平教経による襲撃？）
1333	鎌倉幕府滅亡　足利尊氏、楠木正成ら活躍
1336	室町幕府開設
1369	足利義満、征夷大将軍となる
1399	応永の乱　大内義弘ら、義満に討たれる
1560	桶狭間の戦い　織田信長台頭
1582	本能寺の変　明智光秀、信長を討つ
1586	豊臣秀吉、太政大臣に
1600	関ケ原の戦い　徳川家康勝利
1603	江戸幕府開設
1837	大塩平八郎の乱　息子・格之助、鬼仙島へ
1863	新選組結成　土方歳三ら活躍

瀬戸内海のどこかにある島。江戸時代以降、迫害された海族の人間が集まるようになる。

『もののふの国』
天野純希

明治

1868	明治維新
1877	西南戦争　西郷隆盛死去（『もののふの国』ここまで） 平蔵、鬼仙島へ
1890	呉鎮守府開庁 山神司令長官のもと、榎木新太郎らが勤務 新太郎の妹・鈴、鬼仙島へ
1891	海軍、鬼仙島を襲撃　灯ら海賊が迎え撃つ

『蒼色《そうしょく》の大地』
薬丸 岳

昭和前期

1937 日中戦争勃発

1941 真珠湾攻撃、太平洋戦争勃発

1942 ミッドウェー海戦／戦局悪化

1944 **浜野清子**、お守りとともに宮城県にある高源寺へ疎開、**那須野リツ**と出会う

渦巻き状の模様が彫り込まれた木製の首飾り。各時代で登場する。

1945 **清子**、帰京／東京大空襲

昭和後期

1951 サンフランシスコ平和条約締結／冷戦激化

1980頃 国内情報機関の強化／**宮子**、スパイとして活躍

1982 **宮子**と北山直人、出会う

バブル景気はじまる

宮子と直人、結婚／**宮子**と直人の母**セツ**の対立激化

1989 紀元前の壁画が発見される

直人夫婦、**セツ**と別居

絵本『アイムマイマイ』の制作開始

螺旋を背負ったカタツムリのヒーローが活躍する。

1989 平成に改元

1992 **南水智也**、**堀北雄介**、北海道で生まれ、幼なじみとしてともに育つ

絵本『アイムマイマイ』、漫画『帝国のルール』流行

近未来

2030頃
人工知能ウェレカセリの研究が進む
バンド・γ《ガンマ》モコ流行、作曲担当の田中カタナ死去
水戸直正、**檜山景虎**、自動車事故で家族を失う

2032
大停電により、情報のアナログ化が進む

2050
γモコの杏アント死去
ウェレカセリの開発者・寺島テラオ死去
水戸直正、寺島テラオの最後の手紙を運ぶ

2071
壁が建設される

東京を東西に分断する長大な壁。

未来

2085
SSS〈スーパー・シミュレーション・システム〉が未来を予測、
その後、映画『眠り姫の寝台』の脚本が作られる

2089
〈レイドバック〉施行により技術の進化がとまる

2092
東京に不眠症が蔓延

2095
壁の崩壊がすすむ
シュウ、睡眠コンサルタント〈ドリーム8〉に勤務、
眠り姫の秘密を追う

2011
智也、**雄介**、北海道大学に進学

2012
古文書に**鬼仙島**の記述が確認される

2014
「嬉泉島」が海山伝説の聖地に
雄介は渡航を計画

〈螺旋〉の舞台

RASEN Map

8つのバトルが燃え上がる!

海族 vs. 山族

昭和前期

都会っ子 vs. 山っ子

乾 ルカ

コイコワレ

疎開先の村で出会った二人の少女による宿命の対決!

平成

「生きてるだけ」vs. 生産性

朝井リョウ

死にがいを求めて生きているの

平成を生きる若者たちの絶望と祈りの物語

古代

藤原氏 vs. 天皇家

澤田瞳子

月人《つきひと》壮士《おとこ》

母への想いと、出自の葛藤に引き裂かれる若き聖武天皇

伊坂幸太郎

下記2篇は「シーソーモンスター」に収録

近未来 **配達人 vs. 国家**

スピンモンスター

ある天才科学者が遺した手紙を携え、二人の男が世界を救うべく激走する!

昭和後期 **嫁 vs. 姑**

シーソーモンスター

バブル期の気弱な勤め人の悩みは嫁姑の過激すぎるバトル

未来

吉田篤弘

眠り姫 vs. 睡眠薬開発者

天使も怪物も眠る夜

2095年、東京は不眠に悩まされていた。睡眠薬開発を担う青年は謎の美女と出会う

織田信長 vs. 明智光秀

中世・近世

天野純希

もののふの国

千年近くにわたりこの国を支配してきた武士、その戦いの系譜

明治 **海賊 vs. 海軍**

薬丸 岳

蒼色《そうしょく》の大地

明治海軍と海賊の戦いの中で、少年と少女の運命が交錯する

原始 **イソベリ vs. ヤマノベ**

大森兄弟

不明

ウナノハテノガタ

生贄の運命から逃れた女の登場に、死を知らない海辺の一族が戦慄する

中公文庫

ウナノハテノガタ

大森兄弟

中央公論新社

ウナノハテノガタ

目次

一章　ザイガイ　9
二章　ハウテビラ　38
三章　レフタイ　67
四章　ウェレカセリ　90
五章　ブチイヌ　120

六章　ウナクジラ　145
七章　テイボズ　169
八章　ヤキマ・ジン・アマビエ　202
九章　ヤキノ　227
巻末座談会
八作家が語る、〈螺旋プロジェクト〉のいままで　257

挿画　コマツシンヤ

口絵デザイン　bookwall

ウナノハテノガタ

少年が息を荒らげ、山を登ってくる。砦で女が彼を迎え、どうしたのかと訊ねると、「これ、何？　下で見つけたんだ。カタツムリの殻かな」と言う。

女はそれを節くれだった指で受け取り、かざす。

日が透けた。

「これはたぶん、貝殻。貝」

「貝って」

「貝は、海のもの」

その途端、隣で寝そべっていた黒犬がむくっと頭を上げた。

少年は分かりやすいほどにおびえ、顔に手をやらんばかりだ。

「海のものがどうして山にあるの？　海と山はまざらないんじゃないの」

「まざるとかまざらないじゃなくて、ぶつかるの。わたしたちは海の人と会えば、衝突するようになっているからね」

海にあるはずの貝がどうして山にあったのか。昔、海の人間がこのあたりに来た印なのか。もしくは海に行った何者かが持ち帰ったのか。

確かなのは、そこで大なり小なりの争いが起きたことだ。

山の者と海の者の対立は、太古から未来まで繰り返され、その衝突のひとつひとつに物語がある。

海と山、両者を自在に行き来する唯一の者、争いを見届ける者がいつかそう語ったという。

「仲良くやればいいのに」

少年が言った時、海の集落でも、海の子供が海の大人に同じことを口にしていた。

仲良くやればいいのに。

「会ったらいけないんだ」

どちらの大人もそう答えるほかない。

――海と山の伝承「螺旋」より

一章　ザイガイ

死ぬ。

もうすぐ私は、燃えて死ぬ。

くり返し見てきた女たちのように。

生贄《いけにえ》はまず、黒熊の毛皮をまとった男に石斧《せきふ》で手首と足首とを打ち砕《くだ》かれる。大広場にそびえ立つ主《あるじ》の木の前に引きずられ、突き立てられた柱に縛《しば》られる。暴れてもほどけないように、肉がもげるほど強く。足もとで火を起こす。次々薪《たきぎ》がくべられる。私は激しく頭をふるだろう。獣《けもの》の声で叫ぶだろう。

長老レフタイは言う。苦しみを示してこそ、森の霊はヤマノベの災いを退けてくれる。だからこうして一族が生きながらえているのだと。

生きたまま、この身を焼かれるほどの災いが、どこにあるのか。

生きたい。

腹の子を、生みたい。

私は叫ぶ。離れたところで私を囲うヤマノベたちは、目を見開いてだまったまま。その目は、もう焼けていく私の姿を見ているかのよう。叫ぶ。供えものとなる齢《とし》はすでに超え、額《ひたい》に刺青《いれずみ》も入れたのに。どうして私だ？ 長老レフタイは、こちらに顔を向けようともしない。主の木の前にひれ伏して、地に頭をこすりつけて何事か唱えている。

私は叫び続ける。どうしてだ？ 親を病でなくし、身内に抗《あらが》うものがないからか。私が災いの元だと言うのか。弓を備えた男たちが筒から矢を引き抜く。大広場をぐるりと囲むように焚《た》かれた火が吠《ほ》えるように燃える。赤く染められた夜空と木々を背に近づいてきたテイボズが、私の手首の縄をほどき、木鉢《きばち》を差し出す。

「マダラコ。怖いなら、これを飲め。見苦しい」

わっと叫んで振り払う。木鉢が転がる。足がぐらつき、立ってられず、座りこむ。

私だけじゃない。足もとの土の奥深く。ここがゆれている。ざわざわ鳴る枝葉。地の奥がごうごう鳴って、見つめた土の粒がふるえ、小さなひびが走ったと思うと、みるみる黒く広がって地が裂ける。集落の小屋がゆれて倒れ、焚かれた火が燃えうつる。火の粉が舞い上がり、別の小屋、倉、ヤマノベたちの毛皮に燃え広がり、悲鳴が上がる。炎に包まれたまま駆けまわるもの、うずくまったまま燃えているもの。

　私は飛びのいて、振り返る。待てと叫んでテイボズが私の髪をつかむ。首をひねり太い腕に噛《か》みつく。ひょっと音が鳴って、矢が頬をかすめる。集落中に燃え広がった炎で肌が熱い。地を引き裂いた溝が広がり、黒い蛇のように私に迫る。駆けだす。

　暗闇に向けて逃げる。肌にこすれる木々の枝葉を、両腕でかきわける。駆けて駆けて、体から水がなくなるまで駆けて、やがて森が途絶える。

　立ちすくむ。

　足もとではどこまでも深く闇がえぐれている。きっと伝え聞いていた、果ての崖《がけ》。のぞきこんだら、ひょいとつままれて吸いこまれてしまうから、近づいてはいけないよ。そう聞かされている、切り立った深い崖。

　振り返ると、森の向こうで空がぼうっと明るい。あの下ではまだ炎が暴れ狂っているのに、ここは静かだ。静かすぎる。私を包む闇のどこかで、追っ手が息をひそめているのかもしれない。

風が生温《なまぬる》く底から一つ吹く。空で流れた雲の向こうに大きな月がのぞき、その明かりに照らされて、岩肌が浮かび上がった。崖は大きく斜めに崩れ、おそろしく急だが坂になっている。手のひらで岩をつかまえながら、そっと足を下ろす。つま先からすうっと闇に溶けだして、体がなくなってしまいそう。夜が明けたら、きっと見つかる。ふるえる足を引っぱたいて叱《しか》りつけ、足場を探りながら、もう一足、もう一足と崖を下っていく。

強い風がおさまるまで、赤いオオキボシはなんどもウナから生まれ、生まれるたびにウナに呑《の》まれた。

待っていた。

イソベリたちは、じっと待ち続けていた。乱れたウナの波がおさまるのを。サヤ舟が島へと渡るのを。

運ばれる母ザイガイは、もっと待っていた。じめついた小屋にごろんと寝転んで。頭から流れ出た血はすっかり砂が吸って、体はこのオトよりも小さくすぼんでしまった。早く島へと渡ってほしい。そこですぐ、元の形までふくらんでほしい。こんなに痛そうなのを見るのはつらい。

もうじきだよ、ザイガイ。

耳元でささやいたら、母ザイガイの砕けた額から、ブンブンがぶわんと飛び去って、またすぐに戻ってきて傷口をおおう。あんなふうにブンブンが群《むら》がったら、きっとすごくこそばゆい。でもやっぱりザイガイは、だまって寝そべったまま、じっとしている。息もしない。

二つ前の晩、地べたがゆれた。

ごうごう地べたが唸《うな》った。飛び起きようとしたのに、ゆれが強くってかなわない。膝《ひざ》に手をついてもだめ、ごろごろ地べたを転がった。屋根や壁にした木の枝が落っこちてきて、頭を抱えてうずくまる。暗い中で「オト」となんども名を呼ばれ、暗がりを探る母ザイガイや父カリガイの手が指が体にふれた。壁も柱もみしみしわめいて、這《は》うようにして慌てて逃げた。

空にはオオキボシに代わって丸い月が浮かんでいた。あんなに大きく浮かぶ月を、オトは見たことがない。白い月の光を浴びて、ウナも波も岩場もアマクモの森もオオクチ壁も、みんながみんなゆれていた。

次の朝、タアリ婆《ばあ》が言った。オオクチ壁がかわったと。みんなで浜からながめるとアマクモの森の向こうにかすむオオクチ壁の岩肌は、色も形もちがう。

母ザイガイは、オオクチ壁よりも木の実のことを気にしていた。あんなにたくさんゆれたのだから、たくさん落ちてるはず。両手に籠《かご》を抱えてアマクモの森へ出かけて行った。

アマクモの森で一緒にいた叔母《おば》チマキマが青い顔をして戻ってきた。ザイガイが頭に怪我《けが》したと。

「はじめにオオクチ壁の上のほうから、ぱらぱら砂と小石とが降ってきてさ。どんどん大きな石になったよ。どすん、どすんと、ひと抱えもある岩が落っこちてきて、クワの実をむしっていたザイガイの頭の真上に落っこちたんだ。岩で潰《つぶ》れたザイガイの頭が、肩より低くにもぐったよう。傷口に岩がつまって、ちっとも血が出なかった。ぐぅむと唸ったザイガイは、アカンボみたいに手を前に突き出して歩き出した。いまいましい岩をのっけたまま、よたよたぐらぐら。チマキマはザイガイって呼ばって、教えてやったよ。岩で頭が、潰れているよって。

ザイガイは、こうしてちょっと手を上げて、なにか言おうとしたみたい。だけど口なんて、胸のところくらいまでめりこんでいた。顔だって、岩と肩のすきまの奥にカニみたいに平べったいのがあるきりだ。全部じゃないね、目とマナフタとその周りだけ。

片っぽの目はにょっと突き出て、黒目が涙で波打っていた。もう一つの目はむっくりふくれたマナフタに包まれて、眠っているようだった。こう腕を伸ばしてね、たぐり寄せようとした指先は、ああオトガイ、きっとおまえを探し求めていたのだよう」

　チマキマは「オト、こうよ」と言って、母ザイガイの腕を取り上げる。くねった指をオトのホウベタにふれさせて泣く。クワの実に黒く染まったザイガイの指。両手で包みこむと、甘酸っぱいにおいがした。力をこめても指はかたく曲がったまま。空の真上から肌を焼く、オオキボシの光をたっぷり浴びてもまだ冷たい。オトは大きく口を広げ、ザイガイの五本の指を、まとめていっぺんにくわえてみる。ザイガイの指。なで、さすり、つかみ、引っぱり、叩《たた》き、包みこんできてくれた指。口の中であたためながらほぐせば、また動きだすかもしれない。

　あっとタンチャが声を上げ、タアリ婆の腰巻にかくれてこっそりオトをのぞき見る。

「丸呑みだ。オトガイの口があんなに広がって」タアリ婆が、イソベリたちをぐるっと見まわす。両耳に垂れたマツバガイの飾りが、ぶらぶらゆれる。「オトガイの口、ガマガエルの口だよ。ガマガエルの精霊が入りこんだのさ。見なよほら、この目つき」

　ジン叔父《おじ》がオトの肩を抱き、髭《ひげ》だらけのホウベタをこすりつける。「こんなに立派な大きな口、おえってならないオトガイは大したイソベリだよ」

「そうだ、ハイタイステルベのカリガイの子だぞ」「ザイガイが七人生んで、たった一人残った子」「イソベリを島へ渡すサヤ舟のこぎ手」「次のハイタイステルベだ」

「ああ、このチマキマが島を渡る時は、カリガイがこぐのか、それともオトガイか」

「まだ細っこいがね、オトガイはのみこみが早いよ」「ザイガイの指を呑んでいる」

族長アイガネは、頭に巻いたウナドリの羽飾りを少しむしる。指の間でこすりながら、はらはら浜に散らばっていく羽に目を細める。

「風はやんだ。潮目もあらかた落ち着いた」

族長アイガネがそばにいたイソベリと手をつなぐ。そばにいるイソベリ同士、次々つながった手でオトと母ザイガイを囲む。イソベリたちが波の音に合わせて体をゆらす。手首や足首につけられた貝の飾りが、かたかた気持ちよく音を鳴らす。

族長アイガネが送りの歌を歌いだす。


かわいいかわいいイソベリの子。

指さえ動かず声なくし、息の吸い吐きしなくなったらば、そろそろ島へ行く頃合い。

そこはすぐそこよいところ。

たった一人のハイタイステルベが、たった一つのサヤ舟で、
たった一つの島へと連れていく。
かわいいかわいいイソベリの子。
波越え島へとたどりつき、ウナの風に吹かれたらば、もう痛くない苦しくない。
どこもかしこも元どおり。
かわいいかわいいイソベリの子。
指までつるりとウロコ生え、星よりまばゆいイソベリ魚《ざかな》になったらば、
泳ぎ漁《いさ》り思うまま。
尾ヒレの向くまま気の向くまま。
イソベリに一人のハイタイステルベが、イソベリに一つのサヤ舟にのせ、
イソベリに一つの島へと連れていく。

「ああ、ザイガイはいいなあ」とムジが怒ったふうに砂を踏みつける。束《たば》ねた髪の玉が頭でゆれる。

「岩場で転んで尻の皮がずるむけて痛いんだ」「そんな傷、カリガイに薬を塗ってもらえ」「このジンだって、歯が痛む。それに、穴が開いたところから嫌なにおいがす

る」「尻の穴が勝手に飛びでて、しばらく元に戻らない」「この頭、大きすぎだよう。重くって首のつけ根が痛むの」「ヤキマも島に渡ってみたい。イソベリ魚が見てみたい」

次々わめきだしたイソベリに、順番、順番と族長アイガネが分厚く大きな手をひらひらさせる。

「ごらんよ、いま、ザイガイが一番痛いだろう。頭が潰れて、もう動けない。頃合いだ。ザイガイの夫のカリガイが、うずくまって膝を噛んで泣いていたカリガイが、さっきサヤ舟を波打ち際へと運んでいたよ。

いよいよハイタイステルべが、カリガイに宿る。島でウナの風に吹かれたら、ザイガイの、潰れてしまった頭も元どおり。手が平たくつるり、足も平たくつるり、顔もつるりと伸びていく。鱗《うろこ》のメカシが本物の鱗になって体をおおって、オオキボシの光が体のあちこちできらきらはねまわる。するともう、魚だね。イソベリ魚になっているね。うんと泳ぎまわれよ、ザイガイ」

母ザイガイの髪をなでると、血でかたまってごわごわ。干からびたワカメの手触り。髪のつけ根がべろりとめくれた肌の下、キイチゴ色の肉の奥、だれにも見えないところから、きっとイソベリたちは少しずつ魚になっていく。

オトは母ザイガイを背負って、サヤ舟を先に押していったカリガイの待つ浜を目指す。イソベリたちがオトを囲って歩き、気持ちのよい歌を歌ってくれる。転んでザイガイを落っことさないようにずっと、オトは足もとばっかり見ている。踏み出すごとに小石は砂利《じゃり》に、砂利は砂にと小さくなって、サヤ舟を引きずった跡が、真《ま》っ直《す》ぐ浜へと続いている。波の音はもうすぐそこ。

先に浜に出ていた父カリガイが見えてくる。シャコガイの面を手にぶら下げて、もうじきハイタイステルベになるみたい。おでこから臍《へそ》の下まで、白く一本線にフカよけの泥《どろ》化粧を引かれ、ウナに出る支度をすませている。指に挟《はさ》んだウナクジラの骨のかけらを、カチカチ鳴らしてカリガイが叫ぶ。

「助けがほしいか、オト」

母ザイガイが重たくて、オトの足はもうふるえてる。そばで群がっていたイソベリが歯をむいて笑いだす。気持ちのよい歌が乱れ、切れ切れになり、波の音にかき消される。

サヤ舟はまだ砂浜に底をつけたまま。浅瀬をなめる波が、舟の底をいったりきたり。イソベリたちはみな、波の届かないところで立ち止まる。歌もやむ。聞こえるのは、波とウナドリの鳴く声だけ。イソベリたちは、ここからウナを見るとだまる。広がるウナ、ウナに浮かぶ島には送られたイソベリたちがイソベリ魚になって暮らしている。ウナドリがウナに落っこちた。すぐに飛び上がった嘴《くちばし》に、小さな魚をくわえている。

「助けはいらないよ。このオトガイがのせる」

動かなくなったイソベリを島に連れて行けるのは、ハイタイステルベだけ。父カリガイも、父の父ヤクトガイも、父の父の父オクトガイも、サヤ舟をこいでウナを渡り島へ行き、島からイソベリ浜へ戻ってきた。

サヤ舟のへりに腰をつけて、背負ったザイガイをそろそろ降ろす。ウナに落とさずザイガイをサヤ舟にのせたら力が抜けて、浅瀬に尻をついてしまう。

母ザイガイの潰れた頭に、父カリガイがふれた。カリガイがまた泣いて、目の周りの泥化粧がぽたぽた落っこちる。まだハイタイステルベにならない。顔を沖に向け、だまっている。なにをぼんやり突っ立っているんだろう。すぐザイガイを運んでやってほしいのに。風の向きが少しかわり、巻き上げられた細かなウナの水しぶきがオトのホウベタにふれた。

カリガイは振り返ると、「オト、お前も連れていく」と言った。浜に集まっていたイソベリたちがどよめく。

タンチャとムジが手を叩き飛びはねる。

「オト、ついに島へ行くか」とヤキマがオトの両肩をつかんでゆさぶる。ああ、とうとうこのオトガイも島に行くんだ。くり返し聞いてきた島に、本当に行くんだ。島に送られたなつかしいイソベリたちは、星色のイソベリ魚になってもオトガイのことを覚えていてくれるだろうか。

「オトガイが島に渡るよ」「カリガイも一緒だ」「オト、早く、そこで痛がっているザイガイを」「さあ島へと連れて行っておあげ」「泥化粧じゃ、泥化粧を早く」

タアリ婆が、オトの頭の天辺《てっぺん》に叩きつけるようにして、フカよけの粉をふりかける。女たちの指と手のひらが、オトの顔から臍までを行ったり来たりして冷たい泥を塗りたくる。女たちが動くと、首に下げた鱗の飾りがかなかなと鳴いた。

父カリガイに腕を引っぱられてサヤ舟にのりこむ。イソベリの男たちが競い合うふうに舟を押す。舟の底がずるりと鳴り、つんのめりそうになったところで、波が迎えにやってくる。サヤ舟がウナに浮く。ぐらっとゆれる。オトは両腕を突っ張って、サヤ舟のへりをつかむ。カリガイが丈夫なカチの木でウナをかきまわすと、サヤ舟はゆっくりと沖へ進みだす。

カリガイが浜に残るイソベリたちを振り返る。頭にのせていたシャコガイの面をかぶり、ハイタイステルベになる。イソベリたちが口を閉じる。みんながダンマリになっていることをたしかめるように、顔を見合わせている。

アイガネが土笛《つちぶえ》を吹く。音はイソベリ浜から、真っ直ぐ空へと伸び上がっていく。

どんなに泳ぎの上手なイソベリだって、サヤ舟のようには泳げない。怖いフカが出るかもしれないから、こんな沖までは出られない。

ハイタイステルベが、カチの木でウナをかきまぜる。サヤ舟はするする進む。ウナの背で盛り上がる波を軽々と上り、滑《すべ》り下りる。ハイタイステルベがオトガイの肩を叩く。ウナを手のひらでぱんと叩いて、島を指す。オトはウナの水にそっと手をひたし、潮目に目をこらす。ウナの色の薄くなったところが、蛇のように這って島へと続いている。

振り返ったら、イソベリ浜がうんと遠い。浅瀬に入って、見送ってくれているのがヤキマ。ぽつんと離れて、なにか抱えているのが族長アイガネ。浜にたむろするイソベリたちは、もうだれがだれだかわからない。

アマクモの森の奥に立つオオクチ壁も、空との境目まですっかり見える。オオクチ壁が、ウナの反対側にある最果てだと聞いている。でもアマクモの森や石の原や集落やイソベリ浜やシオダマリを囲うオオクチ壁の上に、まだ森が続いているのが見える。ウナは浜で見てきたよりも、うんと大きい。大きすぎて、怖くなる。怖くなっても、なにもできない。オトの体なんて、ほんの小さな砂粒だ。ただサヤ舟の上で、ウナにゆすられるだけ。

　イソベリ浜から見ていた島は、白くぽこんと親指の先くらい。近づくにつれ、どんどん大きくなる。潮目から外れて、少しこぐ。舟底がウナの底とこすれあう。つま先立ちして、うんと両腕を広げてみたら、島がぎりぎりかくれるくらい。サヤ舟を止めた浜は狭い。浅瀬には群れで泳いでいる小魚ばかり。イソベリ魚はいない。

　島は丸っこく、真ん中に、こんもりと丘が盛り上がる。すぐに上りきれそうな坂。イソベリ魚はまだ見当たらない。丘の向こう側が、この浜辺と同じくらいの広さなら、島の周りをぐるりと泳いだって、くたびれることはなさそうだ。

　サヤ舟を降りて、砂浜へと押し上げる。舟底が、めりこんで重い。ハイタイステルべが母ザイガイを背負って、浜から続く丸い丘を歩いていく。

　丘には、木も茂みもなく、白いウナドリの群れ。こすれあいながらうろつく太った白いウナドリ。じっと座りこんだ白いウナドリ。首をふる白いウナドリ。羽をばたつかせる白いウナドリ。首をふりながら羽をばたつかせる太った白いウナドリ。すきまに見える地べたも、ウナドリの糞《ふん》で白い。

ハイタイステルベの背中が遠い。オトなんかほったらかしで、どんどん行っちゃいそうで、慌てて追いすがる。驚いたウナドリが激しく羽をばたつかせる。そんなに高くは飛ばない。オトガイの背丈くらいまで。ひらひらめくれる白い翼。こぼれ舞う羽。ウナドリばっかりで、イソベリ魚はまだいない。見るもの見るもの白ばかりで、いればすぐにわかるのに。

丘のてっぺんで、ハイタイステルベがザイガイを背負いなおす。オトはぐるりと島を見まわす。丘は丸っこく、島も少し潰れた丸い形。サヤ舟を寄せた浅瀬と反対側の浜だけ、入り江のようになっていて、なにか大きなものが横たわっている。大きく、かたそうで、波にゆれずに動かない。アマクモの森のオオクスの木よりもまだ大きい。その二つ分、三つ分もある。

近づくと木でできているのがわかる。壁があって、屋根がある。大きさはぜんぜんちがうけれど、サヤ舟みたい。

ずんぐりとした胴に食いちぎられたような穴がある。ハイタイステルベが、穴から中に踏み入っていく。背負われたザイガイが、薄闇にまみれてとける。ついていくと、中はひんやりとしている。

「くさい」

　魚に呑まれて、はらわたに包まれてるみたい。鼻をつまんで、口を開けたら、舌にくさいのがひっついて苦い。よだれが垂れる。ぽたぽた垂れ落ちる。ちょっとずつ目が慣れて、壁に手を伸ばす。古い木、ざらついている。奥はまだ暗くて、深い穴の底にたまった、たっぷりの黒い水がゆれているよう。怖くなる。なにかいるんじゃないかって。

　やっぱりいる。たくさんいる。壁も、床も、天井も、そこら中でもぞもぞと動いて、騒がしいくらい。あ、止まった。でもすぐにまたもぞもぞと、あっちこっちで動きだす。虫？　耳をすます。

　どさりと重たい音がして、ハイタイステルベがザイガイを地べたに下ろす、壁を背にして座らせる。オトもしゃがみこむ。ザイガイを見つめる。傷は多分、まだどこも治っていない。頭は砕けた骨が、ぎざぎざ飛び出たまま。黒くなった血も、肩や首にこびりついてる。手足はヒレになってないし、肌の鱗もまだ生えていない。

　もっと日が経《た》たないと、魚になれない。だってほら、ザイガイのとなりに腰かけたイソベリだって、まだどこも魚になっていないじゃないか。

　あれ？

これ、本当にイソベリか。ブンブンがたかってる。たしかにイソベリと同じに手も足もある。けれど、顔も手足も指の先っぽまでむくれて、赤土と泥をまぜた肌の色。肩にふれ、痛い？　って聞いてみたけれど、返事をしない。ぴくりとも動かなくって、まるで気にしていない感じ。苦しい？　どこかかゆい？　ぽっかり口を開けて、魚になるのを待ちくたびれているよう。穴ぼこみたいな目を丸くして、唇《くちびる》が取れて小さな歯の粒がまばらに並んでいる。鼻はないけど鼻の穴はある。穴から飛び出したカニの足。つまんでやろうと指を伸ばすと、さっと引っこんでしまう。

そのとなりでも、ごろんと寝そべってる、これもきっとイソベリ。そのとなりにも一人寝ている。その向かい側も、そのとなりも、その向かい側も、どれもこれも、奥のほうまでずっと、重なり合ったイソベリだらけ。似たような姿で動かない。みんな、イソベリ魚じゃない。

振り返る。入ってきた壁の穴の前に、ハイタイステルベが突っ立っている。オオキボシの光を背に浴びて、ハイタイステルベの顔も目も陰になって真黒。でも、オトを見ているってわかる。まぶしい。目の奥を痛めながら、ハイタイステルベをダンマリのまま見つめ返す。

奥からはがさごそ、虫やカニの這う音。壁の外からは、ざぶんざぶんと波の音。波はイソベリの浜で聞くのと少しちがう。あちこちで細かくぶつかり合ったり、重なり合ったりしながら、暗がりに響いている。

サヤ舟がイソベリの浜にたどりつくちょっと前に、ハイタイステルベはシャコガイの面をはずして、父カリガイへと戻る。

「オトガイよ。いいか、島でのこと、だれにも話してはいけない」と言う。

サヤ舟のこぎかたも。ウナドリだらけだった島の丘も。イソベリ魚に会わなかったことも。元に戻っていなかったザイガイのことも。大きな大きな木の小屋も、中で待ちくたびれたイソベリたちのことも。

「島であったこと、全部？」

「全部ダンマリ。族長のアイガネも知らない。ずっとカリガイだけ。これからはカリガイとオトガイだけ。もし島のことを話したら、オト、眠っている間にお前をフカのいる淵《ふち》に放りこむ」

浜に着くと、カリガイはサヤ舟から降り、後ろから押す。オトは先に立ち、前から縄《なわ》で引っぱる。カリガイ小屋まで舟を引きずると、カリガイは目をうるませて、うつむく。

「カリガイは、やると言ったことは本当にやる。でもオトガイにそんなことしたくない。七度ザイガイが生み、一人生き残った大事な子。どうしてこんなにかわいい息子、フカにかじらせなけりゃならないか」

アジサイの茂みの前で、鼻をすすり上げて、泣いてる。かじらせない、かじらせたくない、とくり返しながら、口の周りのメカシをなでさする。

言わないよ、かじられないよと、カリガイを見上げてなんどもこたえる。カリガイはオトの手を取る。

「ああこの指、お前の指の形、ザイガイにそっくり」

カリガイはオトの手のひらにぐしゃぐしゃの鼻をこすりつけ、もう一度、勢いをつけて泣きはじめた。

小屋で横になったカリガイに、ウナクジラに礼を言いに行くと声をかけて小屋を出る。オオキボシがシオダマリへと傾いて、だいだい色に熟している。集落の八つの小屋からニシを炊くけむりが昇っている。シオダマリに向かって歩きだすと、すぐにタンチャが岩場から飛び降り、駆け寄ってくる。「オトッ」「オトッ」と叫び、片足ずつ、後ろへ砂をまき上げる。弾みをつけて飛びはねて、足が滑ってぐらりと傾く。ああ転ぶ、転んでしまう、そう思う目の中で、タンチャは踊るように両腕をふりまわす。

「おかえり、オトガイ」

ヤキマも岩場から降りてきて、ぐったりしたウナドリの首をつかんでぶら下げている。

「これ持って行け、ウナクジラに」

ヤキマは狩りが上手だ。ウナドリに気づかれずに近づいて、羽ばたく前に首を握り潰す。いつだって、だれよりも大きな獲物《えもの》を取ってくる。受け取ろうと手を伸ばしかけたら、島の丘で押し合うように寄り集まったウナドリの羽の白さ、羽音、鳴き声をいきなり思い出して、落っことしそうになる。ヤキマがじいっとのぞきこんでくる。

「オトガイ、ヤキマはウナドリが島に渡るのを見たことがある。やっぱりあっちにもウナドリっているんだろ？」

ウナドリがいたことも言わないほうがいいのか、それくらいは言ってもいいのか。カリガイに聞いておけばよかった。首にまきついたヤキマの腕が、ぎゅっとかたくなる。

「教えてくれよ、島のこと、ちょっとだけでいいんだ」耳をかじられるかと思うほど口を近づけて小声で言う。

「よせよ」と言いながらタンチャも、周りを見まわして口をとんがらせるだけ。

「あんまり聞いちゃいけないんだぞ、ヤキマ」

ちゃんとは止めてくれない。

「フカは出た？　心配なんだ、島でイソベリ魚がフカに食べられやしないかって」

首をふると、ヤキマの腕がさっと外れる。こっちを見るヤキマの目がちょっとだけ大きくなる。

「島にはフカはいないんだな」

言っちゃったことになるの？　島のことを話したことになるの？

「フカがいないなら、イソベリ魚も安心して暮らせるな」

だまっていると、ヤキマが手の中のウナドリの首をぐっと握りしめる。喉《のど》をふるわせぐああと声をもらして、ウナドリがぐったりする。

「暮らしているってことは、見たんだな。イソベリ魚、見たんだろ？」

「暮らしてるなんて言ってない」

「じゃあいなかったってことか？　一人も？　みんなウナに出ていたのか？　フカのいるウナに？　ああフカはいないのか。いないのか？」

「わからない、言えないんだ」すっかりシリタガリになったヤキマの声がどんどん大きくなって、「わからないのか？　それとも言えないのか？　どっちだ？　あっちでずっと目隠しされていたのか？」

「されてないよ」

「なにを見た？　カニ、エビ、こまい魚、こっちと一緒か？　イソベリ魚はそれを食べるか？」

「おい、あんまり知りたがるなよ。ヤキマ」とやっとタンチャが体を割り入れてくれる。ヤキマは片手でタンチャを押しのける。

「タンチャの怖がり。お前だって、寒い季節に湯気を上げるほど熱くなって動かなくなった妹が気になるんだろ？」

「しつこいぞ、ヤキマ」

ヤキマを押しのけて来た道を戻る。

「なあオト」ヤキマが肘《ひじ》をつかむ。「オトよ。教えてくれ、知りたいんだ」髪を後ろからつまんで引っぱる。「島で、ドノキマはどうしてた？　覚えているだろ、ヤキマの母ドノキマだよ。待っていたか？　もう魚の姿か？　シオダマリにいるヤキマのことなど、忘れてしまったのか？」

たまらず走りだす。まだついてくる。ヤキマはオトよりも速く走る。息も切らさない。ふり切れっこない。ほらヤキマの腕が首にかかって、ぐいっと引き寄せられた耳元に「ドノキマはどうしてた、歌が好きだから歌ってたろ。それともイソベリ魚は歌わないのか？」ささやく声まですばしっこい。

カリガイ小屋まで引き返して「シリタガリだっ」と叫ぶ。

ハイタイステルベが飛び出してきて、ヤキマがだまる。ハイタイステルベは右手の指の間にウナクジラの骨を挟みこんでいる。骨同士を叩き合わせて、ばちんばちんと音を立てながら、ヤキマに近づいていく。あれはお仕置きの、痛いやつ。ハイタイステルベの腕が、ヤキマの頭に巻きつく。ヤキマの鼻がウナクジラの骨できつく挟まれ、ゆっくりゆっくりひねり上げられていく。「んぎゃあっ」と悲鳴を上げ、ヤキマが倒れる。鼻を押さえて地べたを転がり、ぶつ切れのミミズみたいにのたくった。

やはり一緒に行こうと言い出したカリガイと、シオダマリへ着く。

オオキボシはもうウナに呑まれかけ、残っているのは、真っ平らになったウナの向こうで、一筋の線だけ。シオダマリを囲む浜は、どこもかしこも焼け落ちていくオオキボシと同じ色。空の雲も、沖まで引いたウナも砂も、岩場も、カリガイとオトの肌まで全部。

イソベリは、このシオダマリで魚を取る。入り江にたっぷり潮が満ちても、オトガイの腰まで浸《つ》からないくらい。潮が引けば、あちこちにできた水たまりが広がる。小さいのから大きいの、赤いのから黒いのまで、いろんな魚が取り残される。ぴちぴちはねて水しぶきを上げたり、ウナ風にさらした背びれをゆらす。エビもカニも、タコも貝も、ここで拾う。

波打ち際で、そこだけ陰になったウナクジラの骨を見上げる。満ちたり引いたりのシオダマリの、濡《ぬ》れた砂に寝そべる大きな大きなウナの使い。頭はサヤ舟ほどもあり、砂に埋まって白くすべすべ。胸の骨は、丸く曲がって突っ立つ高い柱のよう。骨の柱のてっぺんにはオトが飛びはねたって指先も届かない。ところどころ、ひびが入ったり、欠けたり折れたり。十本ずつ対になり連なって並んでる。

カリガイがシオダマリのぬるい水に脛《すね》まで浸かり膝をつく。ウナクジラの胸の骨を抱いて歌う。ウナクジラの歌。オトガイもカリガイを真似《まね》てシオダマリに浸かり、ウナクジラの骨に腕をまわす。

いまいるイソベリの遠い親、なにも持たずに泣いていた。
いまいるここに立ち尽くし、来る日も来る日も泣いていた。

ふるえる浜とウナと風、くるくる渦が押しせまる。
寄せくる大波したがえて、いらっしゃったはウナクジラ。
いまいるイソベリの遠い親、潮にまかれてでんぐりがえる。
やっとあえたねウナクジラ、歌をふるまいおもてなし。
いまいるここであなたは言った。いまいるここに根を下ろせ。
いまいるここにとどまるかぎり、いまいるイソベリだいじょうぶ。
いまいるここはシオダマリ、どうしてここを離れよう。
いま見るウナに浮かぶ島、どうしてここを離れよう。
それきりダンマリウナクジラ、いまいる骨に姿をかえた。

島で見た、屋根と壁のある、木が組み合わさったもの。母ザイガイを座らせてきた、大きなもの。こうしてふれているとウナクジラに似ている気もしてくる。でもやっぱりサヤ舟のほうがずっとよく似ている。大きなサヤ舟の上に大きな小屋をのせたよう。

「あれは舟？」

うっかり声に出てしまう。カリガイは「あっ」と声を上げると、指に挟んだウナクジラの骨を、カチカチ鳴らす。鼻をつままれる。首を縮《ちぢ》ませて、目を閉じる。骨を打ち鳴らす音が、オトの頭の周りをぐるぐるまわる。

カチカチいう音が遠ざかる。目を開ける。こっちに背を向けたカリガイが見える。カチカチ音を響かせながら、オトを一人残して集落に帰って行く。

島に残してきた母ザイガイは、どうしているだろう。あの大きな舟は、暗く、じめじめしていて、ものすごくくさい。待ちくたびれたイソベリたちは、もうイソベリじゃないみたいだった。イソベリ魚もいなかった。夜はどうだ。いまごろ、もっと遠くのウナを泳ぎまわっていたイソベリ魚たちが、島へと戻っているところだろうか。

舟の中で、寝そべったり座りこんだり積み重なったりして待つイソベリは、いつ魚になれるのか。待つしかない。島はきっとザイガイの傷をいやす。傷口にえらをこしらえ、肌を鱗に包み、きっとウナへと連れ出してくれる。

夜空には月が上っていた。白く光る月が、シオダマリの波にも映る。滑らかにゆがむ。まざり合って溶ける。ずっとくり返して、やむことがない。

なにかが動いた気がして、振り返る。

砂浜が途切れた先のクリ林がいつものように横たわっている。いまは暗くて、なにも見えない。耳を澄ましても波の音だけ。ただなにか、こっちに近づいてきている気がする。

「カリガイ？」と呼んでみる。

返事はない。こっちを向いたかもしれない。

「ヤキマ？」と聞いたって、波の音だけ。

「だれ？」

精霊？　悪い精霊？　それとも、ナリソコナイ？　集落はもう、火が消えて真っ暗。怖い。カリガイ。なにも見えない。逃げ出したい。でも、もしかしてと思って、もう一度だけ聞いてみる。

「イソベリ魚？」

波にまじって、砂を踏みつける音がする。

闇の中で影が動く。形になって、あっちにふらふらこっちにふらふら。片足ずつ、重たく引きずるふうにして、段々と近づいてくる。ちがう、イソベリ魚なら、ウナからくる。逃げようと腰を上げた時には、影が月明かりに姿をさらす。

イノシシよりも大きくて、二本の足で立っている。鱗もないし、ひれもない。毛むくじゃらの獣。ぐらぐらゆれた歩き方、すぐにも倒れてしまいそう。

毛むくじゃらは、こちらを見向きもせずに、飛びのいたオトのすぐそばをとおり過ぎる。はあはあ乱れた息づかい。獣の脂に似たにおいが、生ぬるく漂う。毛むくじゃらが波打ち際で四つん這いになる。顔を突っ伏し、喉を鳴らす。ウナの水を飲んでいる。すぐにごあごあ変な声で咳《せ》きこむ。砂の上にうつ伏せて、またごあごあ激しく咳《せき》をして、動かなくなった。

オトは、毛むくじゃらを見つめたまま後ずさる。マキニシの殻《から》を拾って、投げてみる。当たっても、動かない。もう一つ投げた。やっぱり動かない。もう一つ拾って、でも投げずに捨てて、毛むくじゃらに近づいてみる。

毛むくじゃらなのは胴体だけ。手足は指までイソベリにそっくりで、だらりと細長く伸びていた。もう動かない？　おそるおそるもっと近づく。静かな息が聞こえ、毛の茂った背中がゆっくり波打っている。

顔をのぞきこんだ。目を閉じて、眠っている。よく肥えたヒルみたいな唇が、半開き。そこからぽたりぽたりと、さっき飲んだウナの水が、こぼれ落ちていた。

二章　ハウテビラ

口の中で、砂がざらつく。べっぺと吐き出した舌に、またすぐ砂がからみつく。足もそう。動くと縄が食いこむ。頭を地に押しつけて、体をねじって仰向《あおむ》けに転がる。

屋根があって、壁がある。どちらもすきまだらけ。白くこぼれる光が涙で散らかる。つかまった。つかまっている。炎とヤマノベの弓矢と、地面のひび割れから逃げて逃げて、果ての崖まで這い降りたのに。

ここは川べり？　水の流れる音がする。滝か？　水が打ち砕ける音。強くはない。緩《ゆる》やかな音。近づいて、遠のいて、また近づいてをくり返す。ずっとそばで響いている。あんまり近くで聞こえるから、この髪や肌までも、すっかり浸されてしまいそう。

どこだここは。ヤマノベの小屋か。

すきまだらけの壁の向こうに、目。こっちをのぞく、目。だれかいる。あちこちに、目。囲まれている。こっちを見ている。私を見る目。やたらと色の薄い目。その全てが私を見つめる。なにか聞こえた。声、風のような声。壁の向こうで、ヒューヒューといくつも重なり合う。耳をすませると、水の打ち砕ける音とまざってしまう。

「おまえたちはヤマノベか？」

外でひしめいていたものたちが、いっせいに飛びのく。駆け去っていく足音、走りまわる音、転ぶ音。悲鳴や、まくし立てるような声が湧《わ》く。恐れてる？手足を縛られて動けず、ただ寝転んでいるだけのこの私を？

ヤマノベじゃない。すきまにのぞくものたちは、毛皮もまとわず、肌をほとんどさらしている。目もちがう。黒いはずの色が薄くて、光に当たると青くも見える。でもヤマノベと同じように、仲間同士で話している。

なんだあれは。どこだここは。

白い髪を結い上げたのが一匹、ゆっくりと小屋の入り口をくぐる。腰が曲がり、乳房の垂れ下がった女だ。私を見つめながらそろりそろりと歩み寄り、目の前でしゃがむ。木の枝の先になにか白く小さなものをのせて、こちらに近づけてくる。指の爪程の、木の実。いや、木の実にしては、入り組んだ形。これは臓物？　虫？　なにかの幼虫か？

白い髪の年寄りの女が、私と目を合わせたまま、手のひらに同じ実をのせた。べろっと赤い舌が出て、それを口に含み、噛み、飲みこむ。年老いた女は短くなにか言うと、木の枝の先のものを、私の顔に近づける。鼻先までくると、生臭さが強くにおった。またなにか言い、あーとくぐもった声を上げながら口を開く。青い目のものたちが、しんとだまって見守っている。水が打ち砕ける音。くり返し、ずっと続いてる。

私は口を開き、枝の先の白っぽい実を前歯でくわえる。

柔らかい。臓物のような舌触り。噛み切る間もなく、するりと喉をとおり抜ける。

小屋の外で、青い目のものたちがどよめく。甲高い叫び声を上げ、その場ではねたり、足を踏み鳴らしたりする。首をひねって頭をふったり、手を叩いたりする。戸口の柱からいくつもの顔をのぞかせる。ああと声を上げ、すごむように歯をむいて私を脅《おど》かす。

縛られて、小屋に寝そべっていた毛むくじゃら。ぶるぶるぶるとふるえていたのに、おっかなびっくり煮貝を口に入れてからは、タアリ婆の差し出す木の枝の先にのせたのを、次々食べた。食べて食べて、いつの間にか食べながら眠ってる。

毛むくじゃらを見にきたイソベリが、カリガイ小屋の中にも周りにもぎっしり。カリガイとオトの小屋なのに戸口のそばのすみっこに追いやられて、ひしめくイソベリのすきまから毛むくじゃらを見つめる。昼間の月みたいな色した顔を、タアリ婆がなんどもなんどもしつこく指でぬぐう。びっくりして口をおおう。指になんにもつかないよっ、なんにも顔に塗ってないよって。それを見たほかの女たちの手も、口をあけて眠りこける毛むくじゃらの顔に向かって伸びていく。

タンチャはジン叔父の陰で縮こまってるけど、目だけはまんまるに見開いて毛むくじゃらを見ている。それから火を焚いて夜どおし喋《しゃべ》ったり、魚を炙《あぶ》って食べたり、鉢に足をひっかけて転がしたり、歌い終わってもまた歌いだしたり。いびきをかいても帰らない。

「目を覚ましたか？」

戸口のむしろを持ち上げたまま、族長アイガネが聞く。タアリ婆は木の枝の先にまたアサリをのせて、毛むくじゃらの顎《あご》先に近づける。

「見てのとおりさ。昼のウナギみたいに眠ってる」

「くさいな。ひどくにおう」

「鼻をつまめ」

「タアリ婆、勝手になにをしている」

「アサリをくれてやっているんだ」

「あっ、目が開いたぞ。こっちを見ているな。噛むか？」

「アイガネが見るからだろ。どうせまたすぐに寝ちまうさ。噛むかどうかは、タアリにもわからんね。大人しいよ。少し鳴いたが、わめき散らすようなこともなかったでな」

アイガネが、のっそり小屋に入ってくる。タアリ婆から木の枝を受け取ると、ひゅんひゅん音をふり鳴らしながら、毛むくじゃらの周りをうろうろ歩く。

「オトガイ、もう一度聞こう」アイガネが戸口を振り返る。

　ほら教えてあげて、と父カリガイに背中を叩かれ、オトはイソベリたちをかきわけて小屋の奥にいるアイガネの前に立つ。

「一つ前の晩、シオダマリにいたら、石の原の奥、アマクモの森へ続く茂みから、毛むくじゃらが出てきた。ふらふら近づいてきて、波打ち際に倒れた。こう」オトは地べたに両膝と手をつく。

「それから、ウナの水を、こう」水をすくって飲むふりをしてから、ごあごあ咳きこみ、べたっとうつ伏せに寝そべってみせる。

「猿だな」とジン叔父が言う。

叔母チマキマが追っ払うみたいにして手をふった。「ジンは猿を見たことがないのかね、こんなに大きな猿はいないよ」「ナリソコナイ？」とタンチャが大人たちの陰にかくれたまま小声で聞く。「ちがうな」「これはウナのものじゃない」「オトガイの話を聞いてたろ。アマクモの森から来たのだぞ」「獣だ」「食えるのか？」「イノシシじゃない」「鳥でもない」「そんなことはわかっている」「早く言え」「見ればわかる」「大きな猿だ。群れから離れたんだろ」「じゃあ食えるな」「どうしてイソベリの浜へきた？」「なにをしに？」「食うなら、皮を剝《は》いでよく焼くんだ」「どうして森を離れた？」「群れなのか？」「ウナの水を飲んだ？」「でも咳きこんだって」「ウナを渡り、島に戻ろうとしたのか？」「じゃあやっぱり、ナリソコナイ？」「アサリだって食べたぞ」「こいつは腹も背も毛むくじゃら、それともこれは棘《とげ》なのか」「クリなのか？　それともウニなのか？」「ああぼさぼさだ」「それにくさい」「ああくさい」「くさいくさい」

ぐいと肩を引かれ、振り返るとヤキマが小屋に入ってくる。どうしたヤキマ、と族長アイガネに聞かれて、手にした木鉢に目をやる。

「これ、川の水」

ヤキマは、じっと毛むくじゃらを見下ろしたまま言う。

「ウナの水を飲んだら、喉がひりひりする。この獣、そんなことも知らなかったんだ。だから、ウナのものじゃない。お前、どこからやってきたんだ。森では見たことない。なあ、おい。お前、どこにかくれていたんだ？」

ヤキマはつぶやきながら、毛むくじゃらに歩み寄る。「近い、近いぞ」と、アイガネが木の枝でヤキマを遮《さえぎ》る。ヤキマは止まらない。毛むくじゃらのそばにしゃがみこむ。毛むくじゃらが身をよじった。目が開いている。逃げようとしたのかもしれない。なみなみと注がれていた木鉢の水が、ゆれてこぼれ、ヤキマの手を伝って肘からしたたる。ヤキマは木鉢をそっと、毛むくじゃらの口に近づける。

「噛むのか？」とヤキマがささやく。噛むな、噛むなよ、噛みつくな。ヤキマはくり返しつぶやきながら、木鉢の縁を毛むくじゃらの口に当てる。毛むくじゃらの頭の毛がふわっと逆立つ。じっとヤキマをにらんだまま、小さく口を開く。小鉢から流れる水を飲み、すぐに勢いこんで、ごくごくと喉を鳴らす。ヤキマはゆっくりと首をひねり、毛むくじゃらの顔をのぞきこむ。

「こいつの目の色、両目ともウェレカセリの左目の色」

　ウェレカセリの名を聞いて、イソベリたちが口をつぐむ。

水を飲み終えた毛むくじゃらが、ふうと長く息を吐く。黒い目がヤキマ、アイガネ、タアリ婆と、次々に飛び移ってこっちを見る。

硬そうなまつげに包まれた目のまん中で、瞳の色が塩水でみたされたカニ穴みたい。夜のウナよりもまだ暗い。

「見たとおりだよ、アイガネ。あとはまるっきりわからない」

「そう言うがカリガイ」

　毛むくじゃらに鼻を近づけていたアイガネが、戸口のカリガイを振り返る。

「わかるには？」

「ヤキマの言うように、これはウナのものではない。ウェレカセリのところに連れていく。ウェレカセリは森の精を呼ぶ。ウナの精霊ではなく森の精霊に聞く」

　父カリガイが答える。アイガネが唸り、小指の先で眉毛《まゆげ》を引っかく。

「それがいいだろう。カリガイと、その息子オトガイ、ヤキマ、お前も行け。力持ちのヤキマ、この毛むくじゃらがもし暴れても逃がすな。それとウェレカセリだからな。

目を潰されたくなければシリタガリの虫は引っこめとけよ」

ウェレカセリはアマクモの森の奥の奥の突き当たり、オオクチ壁の足もとに開いた洞《ほら》、岩屋で一人きりで暮らしていて、ふらりとイソベリの集落にやってくる。背が高く髪も長く、森の中にじっと立ってこっちを見ている姿は、イソベリよりも森に生えるイトスギに近い。鱗のように冷たい色の髪が顔に張りついて、鼻から下は髭におおわれている。

ウェレカセリの歌がある。子どもたちが走りまわったり騒ぎ立てたりする時、イソベリの女たちは声を低くしてこんなふうに歌う。

オオクチ壁の暗い穴。ぬっと這いだすウェレカセリ。
片目はウナの色。もう片っぽは影の色。
風と波とがおとなしければ、ウェレカセリはすぐそこ、小屋のすぐ外、向こう側。
口をふさいでじっとして。地べただけ見てじっとして。
腰を屈《かが》めたウェレカセリ、むしろめくって咳払い。干しサケ干し茸《たけ》かきわけて、
大鉢深鉢のぞき見て、指先なめてつまみ食い。
口をふさいでじっとして、地べただけ見てじっとして。

じっとしてればウェレカセリ、深鉢かかえて出て行くよ。
ある夜、シリタガリがダンマリやめて口きいた。どうしてそんな目の色だ。
ぱんっぱんっ火床《ひどこ》が弾《はじ》けて、ぱんっぱんっ焼け石ふっ飛んだ。
だからほらこれわたしの目、片っぽうしかないのです。
シリタガリは、片目で泣いた。

ウェレカセリと口をきくことができるイソベリはハイタイステルべだけだ。時々父カリガイはオオクチ壁の岩屋へウェレカセリに会いに行く。どんな話をしているのか知らない。でもハイタイステルべになれば、オトもウェレカセリと口をきくことになる。のっぽのウェレカセリ。右と左で、色のちがう目を見つめながら、なにを話せばいいんだろう。

ヤキマが、毛むくじゃらの足首にくくりつけていた縄をほどいてやる。毛むくじゃらは膝をついたまま少しの間じっとしていて、それから壁に体を押しつけるふうにして立ち上がる。転がっていた時はわからなかったけど、思ったより大きい。背の高いヤキマよりは頭半分くらい小さくて、オトよりは頭一つ分大きい。

小屋を出るとすぐに、毛むくじゃらは目をぎゅっとつむってウナから顔をそらす。

ウナはオオキボシの光を照り返し、とがった波の先がちらちらと白く輝いている。きっとまぶしいんだ。振り返り、ゆっくりと、ちょっとずつマナフタを開いてウナを見る。毛むくじゃらは、真っ黒い目を見開いたまま、へなへなとその場にしゃがみこむ。どうしたどうした、とタアリ婆が腰を屈めて聞いても、歯をむき出してぶるぶるふるえて、尻を滑らせてウナから遠ざかろうとする。

「怖いのか？ ウナが」と父カリガイが毛むくじゃらをのぞきこむ。

「そうらしい、こんなにふるえて」タアリ婆が毛むくじゃらの肩にふれると、顔をウナに向けたままで、びくんと身を強張《こわば》らせる。

「ウナを知らんのか」とジン叔父が首をかしげる。

「やはりこれは、ウナのものではない。ウナのものなら、どうしてこれほどまでウナに怯《おび》えるのか」族長アイガネは大きな声を出した。

「なんだっ、この毛だらけっ、ウナが怖いのか」

急にタンチャが勢いづいて、浜を駆け抜けて波打ち際から、波を一つ飛び越え、二つ三つと越え、次の波に飛びこんでしぶきを高々とはね上げて見せる。チビたちが後に続いて、波を受け止めたり、もぐったり、岩場を駆けて宙返りしてからウナに体を突き立てたりと、ウナとたわむれているところを毛むくじゃらに見せつける。

毛むくじゃらの背中で後ろ手に結んでいた縄をほどき、手を前にしてまた結ぶ。腰にも縄をまわそうとしたら、毛むくじゃらが体をひねる。もう一度やったら、尻でオトを押した。嫌がっている。毛むくじゃらを見上げたら、黒い目でじっとオトを見つめ返し、なんどもまばたきをする。オトが首をかしげたら、毛むくじゃらも同じふうにかしげる。

「太くって、立派な腹だな。イノシシみたい」

ヤキマが腹の毛にふれようとすると、今度は後ずさる。

「怪我でもしているのかな」

ヤキマが言うと、毛むくじゃらは手首のところで結わかれた両手をこっちに向ける。差し出された手首の結び目に重ねて縄をとおして、もう片っぽに輪っかを作り持ち手にする。

父カリガイがヤキマの肩に手のひらをのせて、ゆっくりと言い聞かせる。

「目を離すな」

毛むくじゃらは先頭の父カリガイについていくヤキマと、すぐ後ろを歩くオトガイに挟まれて、おとなしい。ウナの風にはたかれて、こぼれた髪の下から白い根っこみたいな首がのぞいている。

すすむごとに、草の背が高く、濃くなっていく。ヤキマはしきりに毛むくじゃらに話しかけ、なんども名を聞いている。

「なにも返ってこないよヤキマ。なにを言ってるのかわからないんだ」

そう言っても聞こえてないみたい、ヤキマはひっきりなしに話しかける。イソベリのことや、シオダマリのことや、煮こんだマキニシャクリや雲の形のこと。

草の土手を登ると、ぱっと開けて、ウナの風がなでるように吹いてくる。風に顔を向けるとイソベリの集落が遠く小さく見える。集落の浜から岩場、シオダマリと、おくの川の森まで、ウナの白い波がなでている。ぐるりと見渡す。ウナとオオクチ壁が、オトを囲んでいる。声がとどきそうなほど低い雲が、影を落として、それがかわいた石の原の上をすっすと流れていく。くねる小川で竹筒に水を流し入れ、かわるがわるに飲み、毛むくじゃらにも飲ませてやる。父カリガイが足首を濡らして小川へ踏み入り、しゃがみこんでししを垂れはじめる。

「しし」

それを指さしながらヤキマが言って、父カリガイが振り返る。ヤキマは太い木にもたれた毛むくじゃらを見つめて、「しし」「ししを垂れる」と続けて言う。それから手のひらを自分の胸にあてて、ヤキマ、と言う。今度はオトの胸に手をあて、オトガイ、と言う。また自分にふれ「これが、ヤキマ」、次にオトガイにふれ「こっちは、オトガイ」、毛むくじゃらの目をじっと見すえて、自分とオトと交互にふれて、ヤキマ、オトガイとくり返す。地べたを叩いて「地べた」と言ってみたり、竹筒から水をしたたらせて「水」と言ってみたり、毛むくじゃらのもたれた木をぱんぱん叩いて「木」と言ってみたり、まだししを垂れ続けているカリガイを指さして、「カリガイ、ししを垂れる」と言って、また自分の胸に手のひらをあてて、「ヤキマ」と言う。

ヤキマのやろうとしていることが、なんとなくわかる。

もう一度ヤキマがオトを叩いて「オトガイ」と言って、次に自分を叩き続けながら、今度はなにも言わずに、けむくじゃらに向けてうなずいてみせる。

毛むくじゃらはぽかんと口を開いた。赤々とした舌が少しのぞいた。「ヤキマ」とヤキマは言って、さっきと同じに「オトガイ」とやって、また自分の胸を叩きながら首をかしげ、毛むくじゃらに耳を向ける。

「ヤキマ」と毛むくじゃらが鳴いた。

ヤキマが目を大きくして「どうだ」と言う。

毛むくじゃらが鳴いた。鳴いたというか、喋った。オトたちと、イソベリとそっくりに。ししを垂れていた父カリガイが小川から腰を上げる。ヤキマがまたうなずきながら、オトガイの胸に手をあてると、「オトガイ」と鳴いて、次に毛むくじゃらはヤキマを指さして「ヤキマ」同じ指をオトに向けて「オトガイ」最後は父カリガイに向けて「カリガイ、ししを垂れる」と鳴いてみせる。驚いた顔をした父カリガイが毛むくじゃらに近づいて、だけどどうしていいのかよくわからないふうに、ただ手にしていたウナクジラの骨をカチカチ鳴らす。

ヤキマと、カリガイ、オトガイの名をもうすっかり、覚えてしまっている。なんでかオトは怖くなって縄を手放してしまう。逃げるかもしれない、と思ったけれど、毛むくじゃらは木にもたれかかったまま腰を折り曲げて、落っこちた縄のわっかをじっと見下ろしていた。ヤキマは縄の持ち手を拾い上げて、オトの手に握らせると「ほらな、逃げない」と言う。

それからもヤキマはずっと、やることなすこと、目に見えるもの、耳に届く音、におい、肌にふれたもの、あちこちを指さして、次から次へと声にして毛むくじゃらに聞かせる。父カリガイは足を早めて歩きながら、棒切れで遮る枝葉を打ち払うだけで、ヤキマが喋るのを止めようとはしない。

石の原が草の原にかわって、赤土の土手を一つ越えたころにヤキマは嬉《うれ》しそうに言う。「お前は一体なんなんだ。イソベリでもない、猿でもなければ、ナリソコナイでもない」毛むくじゃらが「ヤキマ」と返事する。ヤキマがあああと笑うと、毛むくじゃらがああああと真似る。「お前はどこにくらしていた。お前はどこからやってきた」とヤキマが聞くと「ヤキマ？」と毛むくじゃらが聞き返すふうに声を出す。

茂みの向こうにアマクモの森が見えたと思ったら、ふっとウナの風がやんで、オオキボシの日ざしが強くなる。オオクスの木を過ぎると、あとはオオクチ壁までずっとアマクモの森。霞《かすみ》がかってじっとり、ひんやり、影が肌に張りつく。ウナの底にいるようで、いつもオトはすぐに帰りたくなる。父カリガイがクスノキの根もとに塩玉をそなえ、森の精霊にあいさつをする。しゃがみこみ両腕を広げた後、地べたに額をこすりつける。声はださない。森の精霊にすがたをおぼえてもらうまで、しずかに息をしながらじっと待つ。塩玉に黒いハウテビラがとまり、羽を小さくふるわせ、また飛んでいく。ふわりふわりとゆれながら、クスノキにまとわりつくようにしながらのぼっていって、枝と葉にかくれて見えなくなると、近くでヒィーという叫び声がして耳の奥をふるわす。

驚いてつんのめったオトに、「これはアマクモの鳥だよ」とクスノキの根っこのすきまに腕をつっこんでいる父カリガイがこたえる。ゆっくりと引き抜かれた手の先でカニが泥まみれの足をめいっぱい広げている。ヤキマが「ヒィー」と鳴き声を真似る。

父親はカニを根もとにそっと返し、立ち上がる。

オオクチ壁がはきだしたこのアマクモの森に一歩踏みこむと、重なり合った木々の枝葉がオオキボシの光を遮る。曲がりくねる根っこのすきまを踏むと、沈んだ足の裏から水がしみ出してくるし、あちこちにオトの腕より細っこい流れが走っている。風にゆれる木々の葉が重なり合って影を作る。次々に形をかえて、同じ形には二度とならない。そういうのは、ウナから浜へ打ち寄せる波と同じ。高いところで枝もゆれる。細かいものがこぼれ落ちてきて首筋がこそばゆい。クモの巣を棒切れで払うと、腹を立てた大きなクモが、棒の先で長い脚《あし》をくねらせる。

木々のすきまが狭くなり、生い茂る草の背が高く、濃くなっていく。オオキボシの光が、ますます弱くなる。

「そろそろ、ダンマリしたほうがいいかな」

濡れた髪を額にへばりつかせたヤキマが小声で言って、ツユクサ色の目をいそがしく動かしている。イソベリが木の実拾いに踏み入るのは、だいたいこのあたりまでだ。

どっちを見ても、いろんな模様や色や大きさのハウテビラが、ゆるゆるとゆらいでいる。時々がさりと激しく枝がふるえ、ふり向いてもアマクモの鳥は見えない。ネズミか、リスかもしれない。あちこちで聞きなれない声が鳴き合う。きっと、よそから来たオトたちのことを話している。

毛むくじゃらの背中に鳥かと思うほど大きなハウテビラが、はらはらはら、まとわりついている。手首を縛られたままの青白い腕がにゅっと伸びて、ハウテビラをとらえる。それを見たオトガイまで毛むくじゃらの手の中にすっぽり閉じこめられた気がする。ぼとりと重たい音が落っこちて足が止まる。ふさふさと毛の生えた太った腹がねじれて、黄色い汁が飛び出ている。ひしゃげた、青黒く光る羽。もげかけた、小さくふるえる細かな脚。

動くものが動かなくなったら、こう。形をなくして、なにかに食われて、土になって、雨と風と波とに砕かれ溶けて、どこかに運ばれて見えなくなる。イソベリだけだ。そうならないのは、イソベリだけ。動けなくなっても島に行けば元どおりになる。しかも、イソベリ魚になれる。だけど、ああザイガイ、あんまりのんびりしてちゃいけないよ。カニがたくさん群がってくるかもしれない。体じゅうすきまなくびっしり埋めつくして、痒《かゆ》いのか、痛いのか。それともくすぐったいのか……

うんうん声を上げながら、父カリガイが枝葉をなぎはらっている。肩に一筋血がにじんで、それを言おうとする前に、父カリガイはその肩を手でぬぐって血をたしかめた後、傷口に唾《つば》を塗る。ハウテビラのことを言いたい。ザイガイがいまどうしているのか聞きたい。歩き出したカリガイに追いすがろうとした時、その背中が立ち止まる。上を向いて、耳の周りでゆっくりと手をまわす。

「ほら、この音」

父カリガイがそっと言う。ウナが岩場に波を叩きつけるような音が、途切れずにずっと続いている。父カリガイは滝の音だという。

「これが聞こえたら、ウェレカセリの岩屋はもうすぐだ」

滝は、遠くからしか見たことがない。オオキボシが強く輝く日、シオダマリの手前の岩場の一番高いところから見える、オオクチ壁に垂れ下がる白い筋。アマクモの森をとおり抜け、集落やシオダマリのずっと先を流れる川とつながっていると聞いている。

カリガイが空にさらした鼻のつけ根に皺《しわ》をつくって、すんすんいわせている。変なにおいだ。森のにおいじゃないね。朝まで火をささえて黒く弱くなった木っ端《こば》のにおい。しょっちゅうアマクモの森に行く父カリガイにもわからないらしく、口の周りのメカシをさすりながら、なんども鼻を鳴らす。

「かすかだけど、におう。焦げ臭い。森のことはウェレカセリにしかわからないけど、火に気をつけて」

すこし歩くと、枝と葉がいきなり開けて、目のなか全部が赤い崖になる。ここまでオオクチ壁に寄ったのは、はじめてだ。見上げると空と赤いオオクチ壁の境目はかすむほど遠く、翼を広げてゆたりと空を滑っている鳶《とび》が五羽、黒蟻《くろあり》よりもまだ小さく見える。よじれ、波うちながら続く赤い崖にそって、滝の音のするほうに行くと、ちいさく開けた草むらがある。崖の足もとに葉のついたスギの枝がいくつも立てかけてあるのが見える。

「ヤキマ、その毛むくじゃらと一緒にここで待っていてくれ」

縄の輪っかをヤキマに渡す。あれだね、ウェレカセリの岩屋、と身をのり出したヤキマの鼻の前で、カリガイは指に挟んだウナクジラの骨をカチカチ鳴らす。

「わかっているな、ウェレカセリのそばではダンマリだ」

ダンマリ、とヤキマは毛むくじゃらのほうを向いてぴったりと唇を閉ざし、両手で口をふさいでみせる。毛むくじゃらが「ダンマリ」とくり返し、ぽかんとした後「ウェレカセリ」と言う。毛むくじゃらが言葉を声にする度に、オトはぎょっとしてつい毛むくじゃらをじろじろと見つめてしまう。

「ここな」

草むらを突っ切ってスギの枝をどかすと、オトとカリガイとが並んで突っ立ったのよりひとまわり大きな洞が、こっちを見返してくる。オオキボシの光が届かずよく見えないけど、奥は広そうだ。

「ウェレカセリやー」

岩屋の穴ぼこには入らず呼びかけたカリガイの声が、中でうわんうわんと丸っこく響き合う。

「ハイタイステルべのカリガイがきたよー」

少し待ってから、カリガイはもっと大きな声で呼ぶ。

「その声はカリガイッ、よく来たねっ」

声が返ってくる。白くて長い、髪と髭。ウェレカセリが喋るのを聞くのははじめてだ。背を丸め、顔を近づける。枯れ葉を手の中でもみほぐしていく時のような、乾いた、ひび割れた声だ。

目を潰されやしないかとびくびくしながら岩屋に入ると、奥で火が焚かれていて中は明るい。思ったよりずっと広い。族長アイガネの家くらいあって、天井も高く、火床のある天井が丸くふくらんだところだけで、カリガイ小屋くらいはある。ウェレカセリが壁を向いてしゃがみこんで、こっちに背を向けたまま言う。

「しらない子がいるなっ」

「息子のオトガイだウェレカセリ」

「悪さしないかっ」

「しないよ。ウェレカセリ、また背が伸びたか」

　せきこむ音が聞こえて、だけど途中で笑っているのだと気づく。笑いながらこっちを向く。青い目と黒い目が見てる。ウェレカセリの長い腕が伸びてきて顎にふれる。

「この顎っ、クルミの皮みたいな皺がだまになってて、にゅっと出ているこの顎はカリガイお前によく似てるっ。お前がつぎのハイタイステルべかっ」

　白く長い髪と髭。ウェレカセリの長い毛にはいろんなものが住みついている。大きいのから小さいのまで、あちこちで毛が丸まって、そこから黄色い木の実みたいなクモが出たり引っこんだりしているし、耳のすぐ上にある白いかたまりは、まだ小さいけど小蜂《こばち》の巣だ。影でまだらになった壁の岩肌を、こつぶの黒い硬石で引っかいている。なにかの模様だ。細かい模様が列をなして、火床でゆれる炎に照らされた壁のあちこちを、うねうねとのたくっている。模様の列を目でたどると、岩屋の奥に突き当たる。奥の壁には二人のイソベリが描かれている。向かい合う、たぶん男と女だ。胸が大きくて髪を飾っている女がなにかを男から受け取っている。いやその反対に男が女からもらっているのかもしれない。男のほうが小さい。なんでか女が母ザイガイに見えて、だとしたらもちろん、この小さな男はオトだ。なにをあげた？　なにをもらった？

「ちょっと見てくれないかウェレカセリ」

父カリガイが岩屋を出て行って、すぐに毛むくじゃらの手を引いて戻ってくる。ウェレカセリがややっと声を上げる。

「シオダマリでオトガイが見つけた。見たことあるのかウェレカセリ」

いきなりウェレカセリがぐねぐねぐねぐねぐね、おかしな声を出す。すぐに毛むくじゃらがぐねっと短い声を返す。

「ウェレカセリ、わかるのか？　なにを言ってる？」

毛むくじゃらとウェレカセリをぐねぐねした声が言ったり来たりする。

「昔、同じ話し方をする友達がいたっ。この女はマダラコというっ。マダラコだっ」

毛むくじゃらのマダラコがぐねぐねした声を出す。

「マダラコはヤマノべッ。イソベリはオオクチ壁の下っ、ヤマノべはオオクチ壁の上っ、そこで暮らしていたっ。そして地がふるえた時にふるえにふるえてオオクチ壁が崩れたのだよっ」

ウェレカセリの長い髪と髭とがまざり合ったあたりでからみ合った毛が丸まって、そこから黄色い木の実みたいなクモが、細長い脚をくねくねさせて出たり引っこんだりしている。一歩焚火《たきび》に近づいたオトの足裏で、なにか割れた。

見るとそれはこぶしほどの巻き貝の殻で、とがった先から根元まで、まっすぐぱっくり真ん中で分かれていた。拾い上げ、元の通りにくっつけてみる。二つはぴたりと重なり合ったのに、指先にほんの少し力をこめただけで、砕けてこぼれて焚火に吸いこまれてしまう。貝殻はばちばち鳴りながら炎の色を赤く染めて、岩屋の壁画一面を、星に追われてウナへと沈むオオキボシの色で包んだ。

マダラコを見ていたウェレカセリが「そうかおまえかっ、噂《うわさ》は聞いてるっ。聞いてるともっ」と言う。首をかしげるマダラコをじっと見て、目だけで笑いかけてからまた続きを話しはじめる。

「崩れてなだらかになったところっ、ヤマノベたちはそこから降りてきたっ。つながってしまったのだよっ。イソベリとヤマノベ、交わっては離れてをくり返してきたっ。ヤマノベとイソベリッ。ぶつかって打ち消し合い、わだかまっては災いを引き寄せるっ。引き寄せるんだねっ」

ウェレカセリは声を低くして顔を上げる……片っぽの目はウナの色……もう片っぽ

は影の色……

「ヤマノベはっ、このマダラコの他にもたくさんいるっ。いや、たくさんといっても、助かったのは一握りっ。下までたどりついたのは数えて三十もいないっ。逃げてきたのだっ。肘が折れ曲がったのっ、肌がめくれ上がったのっ、肉が裂けたのっ。みんなくたびれて横たわっているっ。すぐそこの滝のほとりで、いまも呻《うめ》いているっ。崩れた崖はまた崩れっ、また崩れして形をかえてっ、よじ登ることはもうかなわないっ。とてもかなわないっ。上りきったところで、集落は焼け果てちゃったっ。ウナと山が交ざり合えば災いが生じるっ。でも生き残ったヤマノベたちを放っておいたら、滅ぶっ。まず滅ぶっ。このウェレカセリにそんな仕打ちができるのかっ。できないっ、とてもできないっ」

「どうすれば」

「だからほんの一時でいいからっ、傷ついたヤマノベたちをこの集落に置いてやってっ」

　カリガイが唸り、だまってしまう。

「ヤマノベが災いをもたらすことはカリガイッ。くれぐれもカリガイよっ」

「ダンマリか、ウェレカセリ」

「知らなくていいっ。知らなければ怖がらないっ、イソベリは弱いのだよっ」

「またダンマリ」

父カリガイの声がすっと小さくなる。

「じゃっ、エビヌマにどうぞっ」

そう言ってカリガイの肩に手を置く。腰を屈めたウェレカセリに手を引かれたカリガイは、卵を尻につまらせたウナドリのような足取りでよたよた岩屋を出て行く。あとをついて外に出る。ウェレカセリが背を真っ直ぐに伸ばすと父カリガイとオトガイを合わせたよりも背が高い。

岩屋の外で待たせていたヤキマが、ブナの木の下でしゃがみこんだままウェレカセリを見ている。うっかり声を上げて目を潰されないために、手のひらで口をかくしている。駆け寄ってマダラコの縄を握らせていると、ウェレカセリに手を引かれた父カリガイがこっちを振り返る。

「オトもよく見ておいて、いまはやらなくていいけど、お前もハイタイステルべになったのだから、いつかこれをやるようになるから」

二人は岩屋の脇にあるツバキの茂みに入っていく。茂みの奥の、小さな泥の沼のほとりで、ウェレカセリは気持ちのいいふしまわしの鼻歌を歌いながら父カリガイの背中を叩いたり、さすったりをくり返す。父カリガイの腰がだんだん落ちていき、膝をつく。顔から汗をしたたらせながら、なんどかえずき、そしてひときわ大きく口を開けると、背中をふるわせながら、どぅるんと黒いかたまりを吐く。

なんだこれ、目の前で黒いかたまりは沼に沈んで見えなくなる。

「もう大丈夫っ、大丈夫だよっ」

ウェレカセリが女のように柔らかい声をかけながら、ゆっくりと父カリガイの背中をさする。

「苦しかったねっ」

父カリガイが身を起こす。汗まみれの顔でなにか言いかけたとたん、顔を大きくゆがませる。慌てて沼に顔を突き出して、またどぅるるんと同じものを吐く。

「いいよっ、がんばりすぎちゃやだよっ、大丈夫だよっ、そこにすむ虫がっ、全部食ってくれるからっ」

どうしていいかわからなかったけど柔らかい声を聞いているうちに、父カリガイがかわいそうで涙が出てきて、となりにしゃがみこんで背中を抱く。抱いてさする。その背中にホウベタをひっつけ、ウェレカセリと一緒に背中をさする。

父カリガイはしばらく沼のほとりに突っ伏して、大きく息を吸っては深いため息をくり返し、それからゆっくりと立ち上がる。

「もういいよ、いつもありがとうウェレカセリ」

カリガイの声は、いつもとどこもかわらない。

岩屋に引っこむウェレカセリと別れて、待たせていたヤキマたちを見ると、マダラコがブナの木の根元にもたれかかって足を投げ出し、太い腹の上に両手をのせてこちらを見上げている。

「どうして縄をほどいている？」とカリガイがヤキマに聞く。

マダラコはオトを見てカリガイを見て、そのまま真上を向いて、鼻をひくひくさせる。木々の枝の先の高いところで、まだ鳥たちが騒がしく羽を広げて狭い空を横切っていく。ヤキマがふうと息を吐く。

「どうしてって。すごく賢いし、逃げないってわかったからだよカリガイ」

「勝手な真似をするな」

カリガイは落ちていた縄を拾い上げて低い声を出す。マダラコが腰を上げながら、生い茂ったヤマモモの茂みをじっと見すえる。

「大丈夫。だって縄がこすれて血が出てるんだよ」

ヤキマは縄を差し出したカリガイの手を押しのける。マダラコが足をぐっと開いて、腰を落として背を丸める。ミミズクみたいに茂みをにらんだまま、髪がふわりふわりと逆立っていく。両腕を持ち上げて肘を開いて、両手の爪をとがらせてなにかをつかみ取ろうとする手つきをする。ただごとじゃない。マダラコを見てっ。カリガイ、ヤキマと呼んだつもりが、喉がひりついていて声にならない。

「声があるし、話せるし、それに名前だってあるんだ」

カリガイがヤキマのホウベタを張り飛ばす。だれも、マダラコを見ていない。マダラコが歯をむいた。真黒な目が飛び出している。

茂みがゆれる。カリガイが振り返り、ヤキマが立ち上がる。木ぎれを杖にして、茂みをかき分けると黒い目をぎょろぎょろ動かす。もう一匹毛むくじゃら。いやヤマノべだ。首からじゃらじゃら石をぶらさげて、こいつも毛むくじゃらだけどマダラコよりも一まわり大きくって、あちこち毛が焼け焦げてとんがった頭、そいつが顔を上げて、マダラコと顔を合わせる。そいつは赤々とした口の中をのぞかせて、「マァダラアコッ」と甲高く鳴いた。

三章　レフタイ

　マダラコが「テイィボズッ」と鳴いた。

　後はもうなにを言っているのか聞き取れない。ベロベロデルロベロリベロベロベロンッと声を上げてマダラコが、男のヤマノベに向かっていって、大きく口を開いて歯をむき出しているからこれはもう嚙みつきそう。男のヤマノベも杖をふり上げてデロベロデロリンベルベッベみたいに大声でわめき続け、マダラコに毛皮の胸のあたりをつかまれ、引き寄せられて互いに顔を近づけながらベルベロ言い合って、もうどっちかわからなくなったヤマノベたちが毛むくじゃらの一まとまりになってベロンデロンッベロンデロンと叫ぶ。

　ヤマノベ同士が喋っている。激しく怒鳴り合っていて、どっちかの手が、もう一方にからみついて、ベッベベベッという苦し気な鳴き声で、マダラコが締め上げてるほうだってわかる。相手の顔がみるみる赤く染まっていく。

ウェレカセリが長い髭をふりまわして岩屋から飛び出してくる。

「カリガイ、手伝ってっ。こいつらをはがしてっ、引きはがしてっ」

カリガイが慌ててマダラコに駆け寄って後ろから腕をまわす、オトもっ、ヤキマもっ、とカリガイが言ったけど、ヤキマはウェレカセリを見上げながら、耳をふさいだり目をふさいだり口をふさいでみたりしてどうにもならない。オトもマダラコの腕にぶら下がってなんとか引きはがす。耳元でベロベロベロンって音がして、それはマダラコが怒鳴る声だ。マダラコの胴まわりの毛までべろんべろんって裂けて、地べたまでたれ下がっている。でもどこからも血は出ていないし、マダラコはちっとも痛がりもせずに平気そうで、はがれた毛の下からのっぺりとして丸くふくらんだ胸が二つと太い腹とが白っぽく光ってのぞいている。
ベロンとちぎれたものを拾い上げてみる。分厚くて、硬く短い毛が、指さきに引っかかる。なにかの、獣の皮だ。

「マダラコを押さえてっ、押さえつけてっ」

突き飛ばされて、仰向けに倒れていた男のヤマノベが、げほげほと咳きこむ。咳きこみながらベルベロベロって吐き捨てたら、それを聞いたマダラコがまた怒り、落っこちた石を拾ってギャアスと叫んでふり上げたまま突進する。カリガイが体に縄を巻きつけようとしたけどかわされて、やっと動いたヤキマが後ろからマダラコの両脇に腕を突っこんでしがみつく。「ヤキマだ、ヤキマ、ヤキマだよ、ヤキマだ」ヤキマは息を荒くしてマダラコのとがった耳の中に声を吹きこむ。

マダラコは唸りながら、ふり払おうと体をゆする。だけどもう、両腕にオトとカリガイがしっかりしがみついているから、さっきまでの勢いはない。逆らいながら座りこんで、ぐにゃりと体を折り曲げる。地べたに頭をこすりつけて、ひいひいと細長く声をふるわせ背中を波打たせる。もう体からはすっかりと力が抜けて、のぞき見ると両目からぼろぼろと涙がこぼれ、鼻を伝い流れ落ちて地べたを濡らす。泣いている。

「泣くのか」とつい声が出る。

ヤキマは背中にまたがっていたけど、もう押さえつけてはいない。腰を浮かせて、背中にそっと手をあてている。父カリガイが、縄でマダラコの腕を縛る間も逆らわずに、大人しいままだ。ただ泣くだけしかできないかたまりになった毛むくじゃら。その毛皮の裂け目から、真っ白くて柔らかそうな腹の肉がのぞいている。オトはそうっと手を伸ばし、指先でそこにふれてみる。母ザイガイを思いだす。島でザイガイの腹の肉は、まだこんなふうに柔らかいだろうか。カニに食われてすっぽりと、抜け落ちてしまっているだろうか。それとも鱗におおわれて、つるりと滑ってしまうだろうか。

アマクモの森を抜けイソベリの集落に戻ると、オオキボシは熟しはじめてどろりと潰れ、粘《ねば》っこい光を空の端に浮かべている。小屋にも寄らず、カリガイが族長アイガネに会いに行くと、すぐにアイガネの土笛が鳴り渡る。音色は大人のイソベリだけを呼ぶものだったけれど、特別にオトとヤキマも輪の中に入ることを許された。暗くなってから土笛が鳴るなんてめったにない。深く眠りこんだり、ワンムに出かけていたりした大人たちの全員が集まるころには、中央の焚火で竹串《たけぐし》に貫かれて炙られたエビの殻が黒く焼け焦げ、香ばしいにおいがただよっている。

「ウェレカセリが、頼み事などするのか？」ジン叔父が疑わしそうに言って、ふわふわ近寄ってきたハウテビラをふり払う。

「よほどのことだ」とカリガイはオトを見て、オトもうなずく。

「ジンよ、カリガイは作り話などせぬよ。それに同じことをオトも聞いている」「わからないのはそこなんだ。ウェレカセリと口をきいたのに、どうして二人の目が潰れなかったか」「オトガイはもうハイタイステルベだからな」「そうなのか？　島に渡ったからか？」「ハイタイステルベは別だ」「じゃあヤキマは？」

ヤキマはずっずと音をたてて、エビの頭からみそをすすり上げた。

「ヤキマは口を開いていない。ダンマリしたまま、地べただけ見てじっとしてた」

「どうだか」「シリタガリだからな」「それならほら、よく見ろ。この目が潰れていないのが、なによりのあかしになるだろう」

年下のヤキマに言いくるめられて少し腹を立てたふうだったけど、トンノガネはちょいと顎をふってうなずく。

タアリ婆が、ぼんやりと炎の先を見つめながら眠そうに口を開く。

「毛むくじゃらが、ヤマノベとやらが一匹この集落にもおるじゃろう。マダラコと言うたか。アマクモの森広しといえども、あんな獣は地べたがゆれるまで見たことはなかった。置いとくのか？」

「あの獣、アマクモの森でも大人しくしていたか？」

叔母チマキマに聞かれて、ちらと見ると、カリガイは目を伏せて、なにも言わない。膝の上のシャコガイの面に手を置いて、くり貫《ぬ》かれた目のふちをそうっと指でなぞっている。

「かわらない。イソベリにいた時と、なにもかわらない。大人しかったよ」とヤキマが言う。

「それにとても賢いんだ。どんどん言葉を覚えて、声も出る。ヤキマの名も憶《おぼ》えた。

オトガイも、カリガイも、手、足、目、耳、頭、なんだって一度教えたっきりで憶えていく。明日にはタンチャよりも言葉を知っているかもしれない」

ヤキマは早口に喋って、あああと笑った。

「頼んだら、あの毛皮くれるかね」だれにというふうでもなくチマキマがつぶやく。

「ここに来るっていう、ヤマノベたち、ひどい怪我をしているんだろ？　だったら引っかいたり、嚙みついたりはしないんじゃないか？」ジン叔父が言う。

「もちろんだよ。猿とはちがう。ヤマノベ同士で、言葉があるし通じるんだ」

「言葉を喋る猿だとヤキマ、気味が悪いな」トンノガネが首をすくめた。

「聞いていたろ、猿とはちがう」「毛むくじゃらだぞ？」「あれは毛皮だよ、肌から生えているんじゃなくって、獣の毛皮を剝いでつなぎ合わせて着ているんだ」「まさか」「本当さ、この目で見たんだよ」「チマキマにもこしらえてくれるかしら」「頼んでみたら？　きっと話せばわかるよ」「剝がして、奪えばいい」「そんなことをするな。そんなことはさせない」「ずいぶんとかばうよ」「いまどこにいるんだ？」「ヤキマ小屋だよ」「ワンムでもしたか？」

大人たちが笑い出し、それがおさまるまでヤキマは笑いも泣きも怒りもせずはしからはしまでゆっくりと、イソベリたちを見まわしている。

「ウェレカセリは言ったよ」

ヤキマは声をひそめる。父カリガイが、いつでもダンマリさせられるようにシャコガイの面を持ったまま、ヤキマのほうを向く。

「かわらないんだ。ヤマノベもイソベリも。同じなんだ。だから、イソベリができることはヤマノベにもできる。マダラコの姿をよく思い出してみてよ」

「毛むくじゃらだ」「それは毛皮で、中の皮膚はイソベリと同じだ」「目が黒い」「でも同じものが見えている。イソベリと同じだ」「ウナに怯えた」「オオクチ壁の上まで登り、平気なイソベリはいるのか？」

ヤキマはふんと鼻を鳴らす。

「ヤキマはアマクモの森で、マダラコのことをよくよく見た。顔の中にあるものも同じ、手足の指も五本ずつ、森を歩くのがとても上手で、耳も鼻も、イソベリよりもずっときく。鳥や、猿のようにぎゃあぎゃあとわめくだけじゃなくって、言葉があって仲間同士が喋る、これもイソベリと同じに」

でろんべろん、とヤキマはアマクモの森で聞いたヤマノベの声を真似たけど、イソベリたちにはわからない。

「よく喋るね」

　タアリ婆があきれて言ったあと、とがった爪をヤキマに向けた。

「ヤキマよ、お前の言うとおり、どうやらヤマノベは他の獣とちがうらしい。それはわかった。だけど崖の上で焼け落ちたというその集落、燃えて焼け焦げたものはどうなったんだい？　いまでもまだ、熱いままか？　崖を下る時に、足を滑らせて落っこちて、粉々になったものはどうなった？　いまでもまだ痛いままか？」

ん、とヤキマが言葉をつまらせると、いきなり族長アイガネがどやしつけるふうに大声を出す。

「ほれ見たことかヤキマ。我らイソベリには島がある。動かなくなれば島へと渡り、みながイソベリ魚となって島で暮らす。崖の上にすみついた獣共は、いつまでたっても痛いままだ。苦しいままだ。形をなくして、虫、鳥に食われて糞になる。雨と風に砕かれて、土に埋もれ、細かくなって消えていく」

　トンノガネも続けてまくしたてる。

「ああそうだ、アイガネの言うとおりだ。島がなければ、イソベリはイソベリじゃない。ヤマノベは島がないからヤマノベで、だからええっと……ヤマノベは……イソベリじゃない、合ってるよな」

　ヤキマは目に力をこめて、前歯で唇を噛む。振り返ってオトを見て、それからカリガイを見る。カリガイはシャコガイの面をさっきよりもっと、顔のそばへと近づけている。

「おっかないな」とジン叔父がぽつりとつぶやいて、自分の両腕をなでさする。

「考えてもみなかった。痛いままで、島にも渡れないなんて。ジンは痛いのは嫌だ。苦しいのも嫌いだ。あんなのがずっと続くなら、ジンはさっさと島へと渡っちまいたい」

「たしかに……気の毒ではあるな」

タアリ婆がエビの殻を炎の中に投げ入れた。そこにいるみんなが、エビの殻を見つめる。泡立って弾け、みるみる黒ずんでぽろぽろとこぼれていく。

「聞いた話では哀《あわ》れでならぬ。どうだろう。島がないのではなんの慰《なぐさ》めにもなるまいが、せめて痛みが薄らぐ間、イソベリに置いてやってはどうか。集落からは離れた場所で過ごすというし、ヤマノベとやらはずいぶんと大人しいと聞いた。ウェレカセリが連れてくるのならば、直接言葉を交わせるのはハイタイステルベの親子だけ、他のイソベリは近づけない。

それにこれは他ならぬ、ウェレカセリの頼み。断って、どんな恨みを持たれるかもわからんでな。タアリは、そちらのほうが恐ろしい」

族長アイガネがうんうんとうなずいて、ぐるりと火を囲んでいた他のイソベリたちに向けてもうんうんとうなずいてみせる。そこにいたイソベリ全員が、同じようにうんうんと首をふる。たった一人、顔に力をこめてうつむいたヤキマをのぞいて。

「わからないよ、カリガイ。だって、ヤマノベはあんなにイソベリそっくりなんだ。それなのに、動けなくなったら、ずっと痛がって、苦しんで、ただ消えてくだけなのかな？」

父カリガイが、シャコガイの面をつけハイタイステルべとなる。そこにいるみんなが、いっせいにダンマリになる。立ち上がったハイタイステルべが、火の周りをゆっくりと歩きはじめると、イソベリは一人また一人と腰を上げ、ダンマリのまま闇に溶けそれぞれの小屋へと帰っていく。闇の中、ゆれおどる焚火のさきで、土色をした無数のハウテビラが羽に火を灯《とも》しながら飛び交って、イソベリたちの顔をまだらに照らしてから、ぼとぼとと砂の上へと落っこちる。顔にあたったハウテビラがオトの膝の間に落っこちて、片羽だけ燃やしながらくるくるとまわっている。

連れてけ連れてけウェレカセリ、ヤマノベ十匹杖ついて、
さみしい木の下たどりつく。

連れてけ連れてけウェレカセリ、ヤマノベぞろぞろ足引きずって、
増えてぞろぞろ二十匹。
連れてけ連れてけウェレカセリ、ヤマノベぞろぞろ這いずって、
増えてぞろぞろ三十匹。
毛むくじゃらが煤《すす》まるけ。
焼け焦げずるむけわめくだけ。
みじめな黒い目、獣の目。
ヤマノベ見上げる遠い崖。
魚になるのはイソベリだけ。ヤマノベ島でも痛いまま。
ウナの風は、ただの風。島はイソベリだけのもの。

イソベリのみんなが、ヤマノベを遠巻きにながめて歌う。

ヤマノベたちの世話をするのは、ウェレカセリからじかに頼まれた、ハイタイステルベとオトだけだ。オトたちは集落と川とをなんども行き来して、横になったヤマノベに小鉢や匙《さじ》で水を飲ませ、小便や糞で汚れた股《また》や尻を洗う。傷口をおおったガマの穂を取って、真水で洗い、火傷《やけど》に効く貝殻粉を塗ってまたガマの穂でふたをする。簡

単な小屋を作って火床をこしらえ、シオダマリで取れた魚やエビを炙ったり、深鉢で煮こんだアサリの実やトチ粉を、動けないヤマノベたちのぽっかり開いた口に入れていく。

　ヤマノベたちが暮らすのは、イソベリの集落からすぐの、川べりの近く。大きくて丸い石が転がる石の原だ。オトの背丈の高さから二股に分かれて茂る、石の原に一本きりの、さみしい木に寄り添うように暮らし、ほとんど動かない。歩けたり、体を起こせるのはほんの数匹。あとは横になって眠っているか、ベルベロ早口で喋り散らかしているか、身をよじって呻き声を上げるか。マダラコと同じで、まだウナに慣れないらしく、怖がって顔を背けている。晴れた日は毛皮を木の枝に干し、マナフタを閉じてオオキボシの光を浴びる。雨が降ると、鳥の子みたいに空に向け口を開いて雨を飲む。ヤマノベの大人の額を、細かい模様が集まった線が横切っている。マダラコの額にも同じものが横切っていた。イソベリの鱗のメカシと同じ川色で、たぶんメカシだ。

　ひらひら赤い舌をのぞかせて走る、見たことのない赤い毛の獣が七匹、いつもヤマノベの周りをうろちょろしている。弱ったヤマノベに食らいつこうとしているのかと思っていたら、一緒に暮らすイヌという獣なのだと、ウェレカセリが教えてくれた。

どうしてヤマノベがイヌと一緒に暮らすのかはよくわからない。

さみしい木のそばに、ウェレカセリがしょっちゅう現れるから、イソベリはだれもヤマノベに近づけない。川の水を汲みにきたイソベリが、立ち止まってじっとさみしい木のほうをながめている姿をよく見るけれど、そばには寄りつかない。

ヤマノベで一番早くに傷がいえたのはテイボズだった。カリガイやオトがヤマノベの集落に行くと、やり方を真似てヤマノベの世話をする。テイボズはオトたちにしきりに頭を下げながらなんどもデルベロとくり返して短く言うけれど、なんと言っているのかはわからない。ウェレカセリに聞いても、高いところで首をふるだけ。ここにたどりついた時は、裂けた肉から骨がのぞき、だばだばと血を滴《したた》らせて、唸ったり、泣いたり、痛そうに呻いたり、イソベリだったらサヤ舟にのせて島まで運ばれそうなのばっかりだったのに、ウェレカセリの塗り薬が虫を退けてよくきくのか、傷をふさいだのがよかったのか、いまのところ三十四みんな、まだ動いている。

ウェレカセリが、さみしい木にもたれかかって泣いている。ウナの色の目でも、影の色の目でも、流れる涙は同じ色で、長く伸びた髭をじっとり濡らして、どこか痛いのかと聞くと、ちがうっ、ちがうんだよっ、そうじゃないっと高いところから声を落っことす。

カリガイとオトガイが、こうして山のものたちとまざり合っているのが、嬉しいのだと。助け合うその姿が尊いのだとオトに言う。

わからない。でも、ヤマノベとイソベリを分けたままにしておきたくて、見張っているのは、ウェレカセリだよ。

ウェレカセリは泣いたまま笑い、リコウッ、オリコウサンッ、とオトの頭に手を置く。

知らない言葉も使うし、言っていることもよくわからない。嬉しくて泣く、というのも、わからない。ウェレカセリはなんどか髭をなでて、からみついたクモをそっとさみしい木に移す。

涙はねっ、痛かったり悲しかったりする時にだけっ、流れるものじゃないのだよっ。もちろん目に塩水または砂が入った時のことをっ、話しているわけじゃないっ。あんまり長く生きるとっ、痛くたって悲しくたって涙なんて出ないっ。嬉しい時だけっ、こうしてほれほらっ、こぼれだすっ。

やっぱりわからない。わかったことは、ウェレカセリがちっとも怖くないってことくらいだ。オトでもわかるくらいだからカリガイだって知っているはずなのに、他のイソベリには教えない。ダンマリしている。島のこともダンマリ、ハイタイステルべでダンマリ、ウェレカセリでダンマリ、デロベロデルベロ喋り散らかすヤマノべとちがって、イソベリはダンマリばっかり。

手足の指の数も毛皮のない肌も、水の飲み方や魚のかじり方もイソベリとそっくりなのに。傷口からのぞく肉もその奥の骨も流れる血の色も、母ザイガイとそっくり同じなのに。

集落を流れる小川で水浴びをしていたら、イソベリの子が集まってきた。口々になにか声をかけてきて、応えられずにいると、笑い声がおこる。いつもこうだ。どこからともなく集まってくる。大人がまじっていることもある。青く透ける目、見ているうちに頭がくらくらする。それでも見てしまう。子どもたちは笑いながら駆けていく。一人残った男の子は弟のルウゴと同じくらいの背丈。いつも私が見おろし、ルウゴが見上げた。森の霊の声を聞いたレフタイの言いつけで、テイボズの八人目の妻になってからも、いつもルウゴと一緒だった。子ができたと教えた時、私の臍《へそ》に目をくっつけて腹の中をのぞかせろとせがんだ。

ゆるく流れる川のうわっ面で、細かく砕け散った光だけがとどまっている。

森でテイボズは歯をむき出して叫んだ。お前の小さな弟は崩れた崖から足を滑らせて、悲鳴を上げながら落っこちて見えなくなったぞ、と。

テイボズは足を引きずり、唇をふるわせて叫んだ。みんな死んだ。死んだぞ。お前に殺された。集落は焼けた、お前が燃やした。生贄のお前が抗い逃げだしたから。ヤマノベを皆殺しにしてまで、生き延びたかったか。

指が頬にふれ、思わず払いのける。驚いたルウゴと同じ背丈の子が、わめきながら駆けていく。私は川の水で目を洗い、ひょうたんに水を汲んでヤキマの小屋へ歩く。イソベリたちは、もう私に縄をかけないし出歩いてもなにも言わない。ヤキマは小屋に住ませてくれるし、朝から晩まで言葉を教えてくれる。帰る場所などない。ウナの果てしなさとひっきりなしに響く波の音、イソベリのあの青い目に慣れることができれば、私はこの場所で生きながらえることができるかもしれない。

生きる。

この言葉が、イソベリにはない。死ぬ。これもない。私がどう伝えても、ヤキマはただ困ったような顔をするだけで、動くか、動かないかしか言わないし、時々、ウナに浮かんだ小さな丘を指さして、シマとよくわからないことを言う。言葉。こんなものが二つもあるなんて、イソベリにこなかったらどうしたって知りようがなかった。

あのウェレカセリという髭の年寄り。

ヤマノベの言葉も、イソベリの言葉も声にしていた。すっかり当たり前に。

イソベリにも顔をきかせ、傷ついたヤマノベを見守っている。腹の奥でお前が動いた気がした。

お前が生きるのに、役立つ？　それとも邪魔をする？

お前はなにも言わない。自分勝手だ。私によく似て。

ヤマノベの集落に行ってもウェレカセリがいないこともある。このごろそういう日が増えてきた。

「ヤマノベたちの傷も、いえてきたからな」とカリガイが言う。

「それに、ウェレカセリはヤマノベをもっと遠くに連れて行きたい、と言っていた。次に移り住む先を探しに出ているのかもしれない」

そう言うと、カリガイはシャコガイの面をかぶってヤマノベのいる石の原へと足を踏み入れる。ヤマノベたちはカリガイとオトがそばをとおり過ぎる時、次々に頭を下げる。ダンマリのため顔をうつむけるのかと思ったけど、ウェレカセリから聞いた話では、悪い意味ではない、あいさつなのだという。もう五匹はほとんど傷がいえ、動けないヤマノベの世話ができるし、十匹くらいは杖をつきながらイヌを連れ、森へ薪や木の実や鳥の羽なんかを拾いに行ける。体を起こせるヤマノベは、交替で眠って火の番をする。

　シオダマリに魚を取りに行こうとすると、イヌを連れたテイボズが、少し離れてついてくる。あたりを見まわす。ウェレカセリは、オトがヤマノベと近づきすぎることをとても嫌がるから。

　デルデルベロ、とテイボズが声をかけてきて、よくわからないままうなずくとオトの横に駆け寄って、それからはだまって、並んで歩く。杖を使って歩くのにも慣れたらしく、おくれることなくすぐ横をついてくる。

　テイボズは体が大きい。多分ヤキマと同じくらい。ヤマノベたちはテイボズの言うことをよくきく。ただ声と体が大きいとか、傷の治りが早かったからというだけでもないらしい。たぶんテイボズはヤマノベの族長だ。一人だけ首の周りに、アマクモ鳥の羽でこしらえた飾りをかけているし、連れている赤いイヌが一番大きくて立派だから。

　ヤマノベとシオダマリに来るのは、はじめてだ。

　テイボズはやっぱりウナが怖いのか、足を踏ん張らせてウナと向き合っていた。赤イヌは砂浜から勢いよく駆けては、ウナに踏み入る寸前で止まり、また砂浜へと戻ることをくり返す。

　オトは籠を抱えてシオダマリの浅瀬に入り、岩のくぼみに取り残されたイサキとゴチとを拾い上げて砂浜に放り投げる。魚は砂を巻き上げてはねるけど、もうウナには戻れない。もう何匹か、砂浜に放り投げてから、岩をひっくり返してカニとマキニシをつかまえる。すぐに籠はカニとマキニシでいっぱいになる。

　魚を取り終えると、テイボズが魚や籠の中を指さし早口で、デルベロ言う。なんだか嬉しそうで、たぶんすごく驚いている。テイボズは黒々と目を光らせて、すっかり頭に血を上らせたふうだ。ウナに向けて両腕を広げ、デルベロデリベロわめいて足をふるわせながら、一歩一歩シオダマリへ近づいていく。

　テイボズは浅瀬に足を踏み入れると、こちらを振り返りデッデロッデッデロと歯をむき出して叫び、またゆっくりと進みだし膝まで浸かり、デッデロッデッデロと大声を上げて振り返る。波打ち際の赤イヌが、湿り気のある声で甲高く唸る。

テイボズは腰を屈めてじっとした後、くぼみに残された魚の尾をつかんで拾い上げる。よく太ったゴチだった。ゴチは逃れようとして身をくねらせ、テイボズは全身でゴチを抱きしめるふうにしながら、デロデロわめいてシオダマリから飛び出してくる。腕の中ではねたゴチの水しぶきに顔をしかめる。早足に浜を駆けてゴチを置くと、腰を屈めて、砂にまみれたゴチに向けホウホウホウホウホウ高く叫ぶ。

ヤマノベたちの気持ちは、どれも激しい。血を流しながら痛がったり、苦しげに歯を食いしばって呻いたりするせいばっかりでもなく、そばでいきなり怒鳴り合うようにして喋っているから、しょっちゅう驚かされる。よく汗をかき、髪を逆立たせ、顔の形もぐにゃぐにゃかわるし、とがった耳もよく動いて、黒々とした目をきょろきょろ動かすし、まるで熱くゆれ踊る炎のよう。

ヤマノベの集落へ戻る帰り道、石の原を抜けたあたりで、テイボズがぽとりと籠を落っことす。悪くないほうの足だけではねるようにさみしい木に向かって駆け出し、後から犬が追いかける。テイボズが駆けていく先で、そこにいるヤマノベたちが一つところに寄り集まって、なにか見下ろしている。イソベリの集落でも時々、これを見る。こんなふうにイソベリが一つところに集まるのは、母ザイガイが、岩に頭を潰されて動かなくなった時のイソベリたちと同じ。

近づくと「オトッ」とハイタイステルベが面を外して、父カリガイへとかわる。

「ウェレカセリ。ウェレカセリを見なかったか？」

首をふると、カリガイはまたヤマノベたちの輪の真ん中に目をやる。年寄りのヤマノベが一匹、真っ赤な顔で横たわり、テイボズがその胸におおいかぶさり、顔をこすりつけながら泣いている。胸にしがみついたテイボズが「レフタイ、レフタイ」とくり返して激しくゆらす。年寄りの口からあふれていた泡が次から次へとこぼれ出て、地べたに流れる。

「もう動かない。息も止まっている」父カリガイが小声で言う。

どうして？

「どんぐりだ。ああどんぐりだ。どんぐりをのどにつまらせた。あの年寄り、やっとまともに食べられるようになったばかりなのに。どんぐり。ふかしたどんぐりを一気にかっこんだんだよ」

カリガイは怒ったふうに言って、ウェレカセリ、ウェレカセリはどこだ、とつま先だってあたりを見まわす。

年寄りの周りに群がったヤマノベたちが手を伸ばし、「とーと、レフタイ、とーと、レフタイ」と高く柔らかな声でくり返しながら、おそらくレフタイという名らしい年寄りの白い髪や、ホウベタや、耳たぶや、毛皮に包まれた腹や、太腿《ふともも》や、つま先をなでている。

子どものヤマノベが、小鉢の水で年寄りの口を濡らして泡をぬぐう。テイボズがレフタイが着ていた分厚い毛皮を脱がせて、折りたたんで胸にのせた。ヤマノベの女が、レフタイの皺の寄った腕を持ち上げて、わきの下に額をこすりつける。するとレフタイの手が開いて、骨ばった指の間からぼそぼそとふかしたどんぐりがこぼれ落ちる。

ヤマノベたちはレフタイを囲み、持ち上げる。遠い波の音を背に「とうと、とうと」とくり返す声は少しずつ高くなって、滑らかな節がついて歌になる。黒く大きなオオクチ壁に背中を見下ろされながら、石の原まで歩きはじめる。いつの間にこしらえたのか、薪を四角く組み上げていて、テイボズがそこに火を移す。たちまち、ごうごうとよく燃える。イソベリでは、こんなに大きく育った炎は見ない。ヤマノベの歌がふっと消える。しっぽの手前でずだんっとたち切るようにして終わる。

ヤマノベたちが、レフタイを持ち上げる。頭より高く持ち上げる。火のそばに寄り、その中へ放りこむ。ほんとうに放りこむ。燃え盛る熱い炎の中に、動けなくなったレフタイを。熱い火のなかにほんとうに放りこむ。勢いよく髪の毛が燃え上がる。胸が、尻が、足が、ああ腕が、顔、唇、耳、ただれてあわ立ちはがれて火にあおられて、しゅうしゅうめりめりめくれ上がる。レフタイに届かない手、伸びきらずゆらゆらとさまよう腕、嗅《か》いだことのないにおい。真っ黒いレフタイの煙をもろに吸いこんでむせるむせるむせる、咳きこんだつもりが喉ごとでんぐり返ってオトは酸っぱいのを吐く。

四章　ウェレカセリ

ヤマノベが燃える。焼けていく。獣が焼けていくのとも、魚が焼けていくのとも、マキニシが煮えていくのともちがうにおい。ひどいにおい。体が嫌がっているにおい。空へと線を引くように細長く立ち上る黒い煙、これは精霊。それも悪い精霊、そんな気がしてしかたない。

おいオト、おいおいオト、呼ばれてふり向くと、ヤキマが腰を屈めてきょろきょろあたりを見まわしながら近づいて来る。オトの耳に手をあて顔を寄せると、声をひそめ「ウェレカセリは？」と聞かれ、「いない」とこたえると、石の原のなだらかな丘に向かって大声を出す。

「いないってさ」

タンチャとイソベリのチビたちが丘の向こうから顔を出す。ジン叔父とトンノガネが駆け寄ってくる。そのあとからついてくるイソベリたちの中には、族長アイガネの姿まである。

「くせえ」「ああくせえ」「なんだこの煙は」「どんどん広がって」「ウナクジラの骨がけがれてしまう」「なにを泣くヤマノベ」「とうと？　とうと、とはなんだ？」「カリガイはいるか」「くっさい」「どこだ？　カリガイ」「おえ、くせえ」「ヤマノベはなにを泣く？　なにをしている？」「カリガイ、これはなんだ？」「ヤマノベどもは、一体なにを燃やしておるのだ？」

「どけどけ」とトンノガネが群がったヤマノベの中に分け入る。すぐに引き返してきて、真っ青な顔をうつ向け「おっごぉ」と呻いて背を波打たせて吐く。

ヤマノベたちの歌がとぎれ、涙に濡れた黒い目がトンノガネを見る。ざわめくヤマノベたちのすきまから、炎の中のレフタイがのぞく。

木ぎれとゆれる炎の上で、ぷつぷつと燃えて、黒い煙が止まらない。炙られた目が白く濁《にご》る。足のつけ根とか、腋《わき》、指のすきまを炎が包み、焼けてめくれた皮の下から時々しゅうっと水気があふれる。年寄りの体からあふれ、泡立つ水でどうにか火を消そうとしている。こんなちょっとの水じゃ追いつかない。焼けていく姿は獣や魚となんにもかわらないのに、どうしてこんなにひどくにおう？　どうして目が離せない？

イソベリたちがだまりこみ、波の音がふいに耳のすぐそばで響く。

「なぜこんな、ひどいこと」

ジン叔父が、手にした樫《かし》の棒を引きずって炎に近づく。デルデロ騒ぎだすヤマノベにかまわず、ジン叔父が棒の先で組まれた薪を突っつく。ヤマノベたちがジン叔父を止めようとしがみつく。

「熱がってるだろうが、早く火を消してやれ」と族長アイガネが声を上げ、はっとする。助けなきゃ、慌てて炎に砂を蹴《け》りかける。トンノガネがジン叔父にひっついたヤマノベを押しのけ、突き飛ばす。カリガイとヤキマ、タンチャ、ムジ、ムジの弟のダツナミ、ダツナミの弟のアマビエもトンノガネに続いてヤマノベの輪を散らす。目の前に転がってきたヤマノベが呻きながら、まだふさがったばかりの傷口を押さえてうずくまる。

レフタイが、組まれた薪の上から落っこちる。イソベリたちは火のついていない木ぎれを拾いレフタイを炎から遠ざける。消せ消せっ、レフタイにタンチャが砂利を蹴りかけ、アイガネが木ぎれで火をはたく。はずみで腹が破れて、半煮えの中身がどろりとはみ出る。ヤキマが鼻を押さえ、くぐもった声でつぶやく。

「どうしてだ、どうして焼く？」

炎に髪が焦がされるほど近づいて、焦げたレフタイを見つめている。

「これじゃあもう動けない。口もきけない。まさか食べるつもりか？」

タンチャがえずいて「やめてヤキマ」と小さな声で言う。トンノガネがタンチャの背中をなでさする。

「ぞっとする。ヤキマは、怖いことを言う」

ヤキマは大きく見開いた目をレフタイに向けたまま、かまわず声を弾ませる。

「こんなでも熱がってるのか。食べられたら、ひとかけらの肉になったらどうだ、まだ痛がるのか？　それから、それから糞になったら？」

知ったことか、とカリガイが吐き捨てる。

火が消えると、レフタイの体から上る煙が白くかわる。焼かれて焼かれて、丸まりきったレフタイは、もうヤマノべの形には見えなくて、ひとかかえもある黒い蛹《さなぎ》だ。その背中にひびが入って、割れ目の奥から赤い肉の目がこっちを見ている。テイボズが父カリガイとオトに交互に顔を向けながら、にじり寄ってくる。黒々と目を光らせ、ホウベタに筋をうかせて強く歯をくいしばっている。

「デルデレリレリロ、とうと、デルリロデ、レフタイロリ」

睨《にら》むような強い目でカリガイを見つめたまま膝をつき、頭の上で指を組み合わせて額を地べたにこすりつける。

「とうと、デルリロデ、レフタイロリ」「デラロリレフタイ」「とうと」ヤマノベたちが口々に言って、テイボズと同じように頭を下げる。

言っていることはわからない。あっちも言葉がわからない。だってウェレカセリは、イソベリとヤマノベができるだけ近づかないように見張っていたから。

「わかるぞ、このアイガネにはわかる」アイガネが髭の先をつまんでねじる。

「お前に頼みこんでおるな、これは。島に連れて行けと」

そう言ってカリガイの肩をとんと叩く。ぐらついて、トンノガネに支えられたカリガイは、呻くだけでなにも言わない。トンノガネがカリガイの背中をなでながらつぶやく。

「島に連れて行ったところで、あれは真黒になったままだ。顔の形や手足、指の数は同じでも、これらは黒い目のヤマノベ。イソベリ魚にはなれんだろ」

「気の毒に」とジン叔父が呻く。

「気の毒すぎて腹が痛む。ああきりきり痛い。いっそもうジンは島に渡りたい」

レフタイのそばにしゃがみこんだヤキマが、手をついて黒く焦げた顔をのぞきこんでいる。それから、木の枝の先で焦げた肌をかりかりとこそぎ落とす。溶けて黄ばんだ目の中に、小石のような黒目が浮かび、鼻はもげて穴だけになり、はがれた唇からすきまの空いた歯が、細長くのぞく。舌だけは、焼かれる前とそっくり同じにだらんと真っ赤に垂れ下がっている。どうなってんだろう、ここ、え？　どうなってんだよこれ、……ぶつぶつつぶやきながらヤキマは胸の大きな焦げを引っぺがす。白っちゃけたものがのぞく。

　カリガイの足元にうずくまっていたテイボズが、ああっと鳴く。

「これ、骨だよ」

「よしなよヤキマ」

　木の枝を取り上げようと伸ばした手をふり払われる。ヤキマは顔も上げずに、中はこんなだよ、こんなんなってんだ、イソベリだってきっとこんなだと引っかき続ける。もうやめろ、と父カリガイがウナクジラの骨をカチカチ鳴らしても、焦げてるところだけだよ、もう少し、もう少しだけ、だって、知りたくないか。ああ痛かった？　大丈夫？　だってこんなにそっくりでさ、イソベリとヤマノベ、ヤキマとマダラコ、なにがちがうの。どこがどんなふうにちがったらイソベリ魚になれる？

　テイボズが急に甲高い声を上げて身を起こし、ヤキマに体ごとぶつかっていく。突き飛ばされたヤキマが転がって、「なにするのもう」と言いながら膝をさする。

「もう、ここには置いとけない」

カリガイがつぶやく。ジン叔父がカリガイをちょっと見て、すぐまたレフタイを見る。レフタイのそばにしゃがみこんだカリガイが、火に焦がされずに残った足首を縄でくくっていても、イソベリはだれも手伝わない。みんなレフタイを見ている。イソベリたちはみんな、焦げたところをヤキマにそがれて、ぬらっと光る傷そのものになったレフタイを見つめている。探してるんだ、と思う。オトもそう。きっとイソベリのみんなよりもはっきりとそう。ヤマノベたちの傷口の奥に薬を塗りながら、ずっと探していた。

　イソベリが、イソベリだっていうあかしを。

　母ザイガイが、島でイソベリ魚になれる、そのあかしを。

　膝をついてレフタイの焦げた耳にしきりに話しかけていたテイボズが、立ち上がる。顔に腕を巻きつけるようにして肘の肉を噛みながら、泣き濡れた目でオトを見ている。レフタイに群がりなでさするヤマノベの群れにかくれて、カリガイの背中が見えなくなる。とうとー、とうとー、と長く伸びるか細い歌声が立ちのぼる。歌うヤマノベの群れを抜けて、縄でくくったレフタイの足首を肩に背負ったカリガイが歩きだす。

「とうとー、とうとー、とうとー、とうとー」

　ヤマノベの歌が重なり、力強くふくれていく。ヤマノベたちはレフタイを追わない。

黒い目だけで追いかける。さみしい木の下で身を寄せ合って、それぞれの手足をそれぞれの体に巻きつけるようにしながら声を合わせているだけだ。

　カリガイに続いて集落に歩いて行く。引きずられたレフタイの体のあちこちが、地べたでこすれて跡を残している。とうとー、とうとーと重なり合う声が遠ざかって、イヌの声だけが残る。ふり向くと、細かくちぎれたレフタイの肉に鼻先を押しつけている。シオダマリを越えるともうイヌの姿も見えない。

　イソベリたちはみな、父カリガイを囲うようにして早足についてくる。レフタイのすぐ真横を歩いていたタンチャが、こ、こことつっかえた後、「こらえてっ」と声をかける。

　イソベリのみんなが、待ちかねたように次々に口を開く。

「痛いか？」「もう熱くない」「だけどこんなになって、薬じゃきかんぞ」「もうすぐだから」「もうすぐ？」「もうすぐってなにが？」「島」「なぜ島だ、島には渡らない」「島はイソベリのものだ」「こんなに痛そうでも？」「渡ったって、どうもならん」「これヤマノベだぞ」「そうだ獣だ」「イソベリそっくりな獣」

　集落に戻ると、腰を屈め膝に手をついた族長アイガネが息を切らせながら言う。

「カリガイよ、しかしどうする気だ」

ウェレカセリ。ウナに顔を向けたカリガイの半開きの口から、オトにだけ聞こえるつぶやきがもれる。どこだ、ウェレカセリ。どうしたらいい。口の周りのメカシをごしごしこすりながら振り返り、広場のクリの下に横たえたぼろぼろのレフタイを見おろす。こすられすぎたカリガイのメカシに血がにじんで、アブがたかってくるまで、目を引きはがせずにいる。レフタイを見たまま、カリガイが声を張る。

「島へ連れて行く」

イソベリがどよめく。

「いいのか？」「あっちのみんなが驚くぞ」「や、怒られるぞ」「治るってことか？」「治らない、イソベリ魚にもならない」「じゃあどうして？」「連れてってみればいいじゃないか」「あっちのみんなに押しつけるのか」「もうこれを、見たくないだけだろ」「ちがうぅ」「ちがわない」「治るぅ」「治らないよヤマノベは」「イソベリは？」

入り乱れる声をふり払うように、

「サヤ舟を浜に運べ」

父カリガイが叫び、シャコガイの面を顔にあてる。むっと口をつぐんだイソベリたちが散っていく。ハイタイステルべは砂浜に膝をついてしゃがみこみ、地べたに手をついて体を支えている。肩にぷつぷつと丸く浮かんだ汗が、背中へ滑りながらくっつき合って筋になって下っていく。

　レフタイは丸まったまま、転がっている。暗い穴ぼこになった目が、空を吸いこみそうに見開かれている。つられて空を見上げる。なにもない。ゆーゆーと声を降らせながら、雲のない空を三羽のウナドリが、強い風にあらがい進まず下がらず、高いところで翼をはためかせているだけだ。

　波にゆすられて、レフタイがあっちへごろん、こっちへごろんと舟底で寝返りを打つ。カチの木をオトに渡すと、ハイタイステルベはサヤ舟の先っぽにしゃがみ背を向けてしまう。カチの木の平たくなったほうでウナをかきまわすと、力を入れなくても、サヤ舟は滑るように島に向かっていく。小さくて穏やかな波の背はオオキボシの光をはね返して光り、ちらちらと目にまぶしい。イソベリ魚を目で探す。ウナをのぞき、島のはじからはじまで目を凝らす。ウナの底が見えるほど島に近づいても、やっぱりいない。

　ハイタイステルベが縄を持ったまま浅瀬に飛び降りる。乱暴に引っぱられたレフタイがどぼんと浅瀬に落っこちて、しぶきが上がり、とたんに小魚が群れてレフタイをつつく。ハイタイステルベは縄を引っぱって、浜にレフタイを引きずり上げる。

母ザイガイを連れてきた時は、真っ直ぐ丘の上から反対側の浜へと向かっていったのに、岩場にまわりこんだり、茂みをかき分けたりしてうろつきまわる。迷っている、というよりもなにかを探しているように見える。

丘の上まで登ると、その一番高いところでハイタイステルベはあたりを見まわしながらうろうろして、立ち止まってまたうろうろして、白く丸い石に足をとられてよろめき、尻もちをつく。

「どうしよう」

慌てて口をふさぐ。ちがう、オトの声じゃない。いまの声、シャコガイの面の向こう側から。ハイタイステルベが喋ってる。

「どこに置く？ ウェレカセリ。なんでいてくれない。こんな時に」

ハイタイステルベが顔のすぐ前で羽ばたくウナドリをふり払う。シャコガイの面におおわれた頭がゆらゆらぐらつく。

「もう、ここでいい。ウナドリが食べるし。もし流されて、もしイソベリに見つかったって、もう骨のかけら、ナリソコナイには見えないし」

ハイタイステルベはだれかに言い聞かせるように言うと、レフタイの足首の縄をほどきはじめる。ウナドリがレフタイを囲む。鋭い嘴《くちばし》でレフタイをついばむ。ハイタイステルべはもう鳥を追っ払わない。なにも言わない。

丘の上の、一番高いところに立ってさがす。ハイタイステルべがしたように、ぐるぐるとあたりを見まわしてさがす。島の隅々まで、ぐるぐる風にゆれるまばらな葦《あし》、ぐるぐる白い石が群がる浜、ぐるりと島をかこむ浜、ぐるぐる浅瀬にのり上がってるサヤ舟、雲のない空に白く穴を開けたオオキボシ、重なり合うウナドリたちの羽、低く緑に生え広がるハマツメクサ、サヤ舟をつけたのと反対側の浜、うんと大きな木の洞窟《どうくつ》。ちがうあれは木の舟。ぐるぐるどこにもいないイソベリ魚。

オトは走る。

つんのめってよろめきながら駆け下りて、舟の腹に開いた穴から、薄闇に入り大声で母ザイガイの名を呼ぶ。ざざっという音と虫が黒く光る流れになって、さらに深い闇に溶けこむ。

母ザイガイはちゃんといる。前来た時と同じ場所。木の壁によっかかって座っている。ザイガイと呼んでみる。砕けた頭。白いのが骨。黒い筋が血の跡。穴ぼこになった目と、その奥にのぞく虫の二本のひげ、ちぢれてほんの少しだけゆれたザイガイの髪。返事はない。動かない。傷は、悪くなっている。黒く焦げたレフタイとそっくりな、骨と穴だけの顔。苦しいのか痛いのかもわからない顔。イソベリ魚だってどこにもいない。消えていく。母ザイガイの形がなくなる。親指をむしり取る。湿った肉が崩れ落ちて、ひどく軽い。骨のかけらになる。母ザイガイの指の骨を、腰袋にそっと落としこむ。

オトは振り返り、穴をくぐって外に出る。

すぐそこ、ハイタイステルベが立っている。

きっとそう。ずっとこうして待っていたんだ。父カリガイも、さっきの穴をくぐり抜けた時、自分を待つハイタイステルベの姿を見た。カリガイの父ヤクトガイも同じに、穴の外にハイタイステルベが立っているのを見た。ヤクトガイの父オクトガイも、その父も、そのまた父も、大きな木の舟に開いた穴をくぐって外へ踏み出した時、ハイタイステルベと向き合った。

真上にオオキボシがぎらつき、足元では影が黒くぬらぬらとよどんでいる。真っ直ぐに突っ立つハイタイステルベに、一歩また一歩と近づく。

オトがいま聞きたいことを、カリガイも知りたがった。きっと知りたくてしかたなかった。カリガイが聞きたいことを、ヤクトガイも知りたがった。きっと怖くてしかたなかった。

ハイタイステルベは、ゆっくりと両手を持ち上げるとシャコガイの面を両手でつかむ。そのままそうっと引きはがすと、殻に開いた穴ぼこが、父カリガイの目にかわる。オトがなにか言いかけるよりも早く、カリガイはオトの顔にシャコガイの面をあてる。暗い穴ぼこから、カリガイを見る。カリガイはオトの目を見つめたまま唇を口の内側に丸めこんで、めいっぱいかくしてみせる。手のひらを片方ずつ、口元に当てて重ねる。

ダンマリ。

穴ぼこの向こうから見つめる目が濡れて、ぼろぼろと涙をこぼす。レフタイをついばんでいたウナドリたちが空を横切って、きれぎれに影を落としていく。大きな木の舟は暗い穴を広げたまんま。オトもいつか同じように、ここでハイタイステルベと向き合いながら、父カリガイとそっくり同じふうに、声を上げずに泣くのかもしれない。

夜の闇は一枚一枚、薄っぺら。こんなふうにいつまでも眠らずにいると、重ね合わさって、肌にまとわりついてくる。寝返りをうったって、じっとしているとまた一枚、また一枚とかぶさってきて邪魔になる。目を開けると、カリガイ小屋の屋根のすきまに、びっしりとつまるふうに夜空に浮いた星が見え、たまらずオトは目をおおう。波の音が気になる。ざぶんざらざら、ざぶんざらざら、耳の奥底まで流れこんできて、オトは首を傾けてそれをふり落とす。起き上がる。木鉢の水を飲んでまた横になる。目を閉じる。汗で濡れた肌に、砂がはりつく。ふり払っても、どうせその手にも砂がくっついているからなにもかわらない。

すぐそばで影がゆれて、こちらに背を向けていたカリガイがゆっくりと体をねじり、折り曲げた肘で頭を支える。

「怖いか？　オト」

父カリガイがのぞきこむ。分厚い手のひらが、オトの額をゆっくりさする。カリガイがこんなふうにオトをなでたのは、もっとずっとチビの頃。

「カリガイも怖かったよ。ヤクトガイに連れられてはじめて島に渡った時。探していたものが、なにも見つからなかったから。見たくないものばっかりが、あの島にあったから。まだ少し動けていたり、息をしていたり、喋れたり、そういうイソベリを、あの大きな舟の中に置いてきたこともある。ナリソコナイになって、イソベリに戻って来るんじゃないかって、怖くって、時々こう、声が出ないように腕を噛んで泣いたんだ。でも一番怖いのは、魚になれなかったイソベリが、どうなってしまうかってこと。ちがうかオト。そうだろう？」

島で傷が治らない。イソベリ魚になれない。それがどういうことなのか、どういう感じなのか。よくわからない。体が、肉が、骨が、細かくなって行く時はきっと痛い。消えてしまいそうに小さくなったとしたら、そのかけらはもうなにも見えず、なにも聞こえないのか。細かくなったら、この指先はなににふれても感じないのか。そんなの嫌だ、痛いのはもっと嫌だ。苦しいのも嫌だ。でも、ずっとあの大きな木の舟、暗闇で、虫に体をかじられるだけ。みんなそう。それってどんな感じ？

「カリガイも一緒だよ」

そう言って口の周りのメカシをさする。

「島から戻ったら、ほら、オトの口の周りにも、ちゃんと皺ができた」

こわごわふれてみる。かすかだけど、口の周りに指が落ちこむ溝がある。カリガイの膝がオトの頭を挟みこむ。

「がまんだ」

苦い汁の出る木の根を口につっこまれる。メカシを彫るのに使う串を、口の周りに細かくなんども突きたてられる。マナフタをめいっぱい閉じて、根っこを噛みしめて痛みに汗を垂らしていると、「血をよく流して」という声が聞こえて、浅鉢をわたされる。

「オトガイ、お前はもうハイタイステルべだ」

水がしみて、かきむしりたくなる。

「ウナノハテノガタ」と父カリガイが言う。

「ウナの沖の沖のずっと沖、オオキボシが上るもっと沖にそこはある。カリガイにも、どんなところかなんてわからない。イソベリ魚がいるのかもしれない。まぶしく光り輝いているのかもしれない。怯えていたカリガイに、ヤクトガイは言ったよ。眠りについて見るような夢を、思ったままに見ればいいと。大事なのは、本当にそこがある、ということだ。わかるか、オト。あかしを見ただろう、オト。島にある、あの大きな木の舟だ。あんなもの、どうしたってイソベリには作れっこない。ならどこから来た？　オト。サヤ舟なんかじゃたどりつけない、遠い遠いウナのはて、ウナノハテノガタだ。カリガイは、こう思う。いつかあの舟は必ず、ウナノハテノガタに向けてウナを渡っていくと」

「大丈夫かな？」

口の周りがひりつく。それに腫《は》れぼったい。

「なにがだ？　なにがだオト？」

「だって、あの舟、大きな穴が開いているよ」

「だったら迎えがくるかもしれない。それでいいだろう。オトいいか？　舟に大きな穴が開いていたとしても、だからって、ウナノハテノガタがないことにはならない。そうだろう？　あの舟がある、だからウナノハテノガタは、ここではないどこかにある。待とうじゃないか、オト。そこがどんな場所なのか、好きに思い描いて、待てばいい」

「いつまで？」

「そんなことは大事じゃない。いますぐかもしれない」

「ずっと？」

「そうかもしれない」

小さな火を吹き消すようにそう言うと、父カリガイは額をなでてくれていた手のひらで、顔全体をくり返しなで下ろすふうにする。閉じたマナフタの裏で、影が濃くなったり薄くなったりする。

「さあ、もうお休み、オトガイ。次のオオキボシが生まれたら、ウェレカセリを探しに行こう。カリガイもウェレカセリにイソベリのことを色々と聞いたんだよ」

ザイガイは……聞こうとすると、ダンマリだ、とカリガイが耳元で低く言った後、オトが怖くないように好きなように思ったらいいんだ、とひどく優しい声でささやく。母ザイガイがここにいない。いないことがたまらないとはじめて思った。

目を覚ます。ヤキマ小屋を出ると、クヌギの木の下でウェレカセリが待っている。いつも夜中で、いつもヤキマは目覚めない。言うこともいつも同じだ。

「居座っちゃ駄目っ、マダラコ出てってっ、出てってっ」

しつこい。

「お前はヤマノベなのっ。イソベリと一緒に暮らすことはできないのっ」

知ったことか。投げつけた石はウェレカセリの長い髭ごとふわりと腹にめりこんで、根っこのすきまに転がり落ちる。痛まないのか、たっぷりとした髭をなでる。その指に背の青い蜥蜴《とかげ》がからみつき、また髭の中にもぐって消える。

「あとはお前だけっ、ヤマノベたちもみんな立ち去ったよっ。さみしい木の下にはもういないっ」

「知ってる。聞いた、ヤキマに」

イソベリの言葉で返してやる。

「驚いたっ、もうそんなに話せるのかっ。お前もまたずいぶんとっ、覚えがいいことっ」

そうだ。もうイソベリの言うことの半分、いやもっとわかる。ここにいるしかないからだ。ウェレカセリ、ヤマノベに戻ればどうなるかわかるだろう。私を災いの元だと考えている。生贄はもうたくさんだ。私は腹にいるこの子と、どうにか生きようとしているだけだ。なんど来たってそれはかわらない。手を貸せとは言わない、ヤキマ小屋に来るのはやめにしてくれ。

「なにもヤマノべと暮らせとは言わないよっ。でも出てってっ、ねっ」

いつ出くわすとも知れないヤマノベに怯えながら、野垂れ死にしろと言うのか。引っかいてやろうと近づいたぶんだけ、ウェレカセリが逃げる。背の高い年寄りで、すばしっこそうには見えないのに、いつだってつかまらない。息が切れてもう立っていられなくなるまで追いかけて、もといたクヌギの木の下に座りこむ。

「遠いのか、ヤマノベたちが移った先は」

「奥の川っ。手負いのヤマノベたちでも半日とかからなかったっ。レフタイが死んで間もないっ、いずれもっと遠くへ移ってもらうよっ」

やはり死んだのか？　なんどたずねても、ヤキマはこう答える。

シマへ行った。

シマ。シマとはなんだ？　ウェレカセリは考えこむようにうつむくと、指先でとんとんと額を叩いてから「じきにわかるっ」と言う。

「イソベリとヤマノベ、一緒にはできないっ」

いいか、私もヤマノベだと忘れるな。なぜ私だけ見殺しか？　イソベリの集落に一人身を置き、せめて子を生むまで、ここで生き残ろうとすることがなぜ許されない？

「そりゃあ気の毒だけどねっ、お前が生きながらえようとまっしぐらなようにっ、わしもイソベリとヤマノベは引き離さなくっちゃとまっしぐらっ、それはもうまっしぐらなのだよっ」

ウェレカセリ。風みたいに素早くて、石をぶつけても手ごたえがない。弓矢ならどうだろう。族長アイガネの小屋の裏に竹が生えていたな。麻縄もある。作れそうだ。

「長く生きすぎたっ、見すぎたっ、もうね、歴史そのものっ。だからお前たちが嫌いっ。さんざん血と涙を流したってっ、なんにもかかわらないっ。わしにできることっ。会わせないことくらいっ」

やるなら必ずしとめたい。

「お休みマダラコッ、また来るっ。言うこと聞かないとっ、カリガイに頼むことになるからねっ」

ウェレカセリが背を向けて朝焼けに染まる石の原を歩いていく。長い長い影を生やした背中に向けて私はつぶやく。次はこっちから行くよ。

オトは目覚めない。

眠ってないから、目が覚めようもない。父カリガイはごうごうと強い波にも似たいびきを響かせ、いつもより深く眠っているよう。小屋を出てイソベリ浜に出る。ウナ風はひんやりと冷たい。オオキボシはまだウナの奥から顔を上げず、見るもの全てが青っぽい。オクリベ岩でタアリ婆が一人きり、腰を折り曲げて、浅瀬でマキニシを拾っている。

「タアリ婆。父カリガイが目覚めたら、オトガイはウェレカセリのところへ行ったと伝えて」

「オト一人で行くのか？」

タアリ婆は驚いた顔をしたけれど、たしかにヤクトガイやカリガイがハイタイステルべとなったのもお前の歳の頃かも知れぬ、と言う。皺くちゃの手が、そっとオトの口を囲む新しいメカシにふれる。

ウェレカセリには一人で会いたい。

どうしてか、ウェレカセリなら、本当のことを教えてくれる気がする。知りたい。シリタガリになってしまったのだろうか。父カリガイは言った。好きなように思い描いたウナノハテノガタを信じろと。でもいちばん知りたいのはザイガイのことだ。オトはもう母ザイガイに会えないのか。

ウェレカセリ、どこをうろついている？　会えるかどうかわからないけど、岩屋に行ってみよう。まだ一度しか行ったことがないし、アマクモの森を渡りきれるかもわからない。それでも行ってみよう。

石の原を抜け、土手を越えてアマクモの森へ分け入ると、背の高い草に朝露《あさつゆ》をなすりつけられて、あっという間にびしょぬれになる。だけど霧は出てないし、生まれたばかりのオオキボシの光が森の闇を薄めてくれるおかげで、意地悪な根っこに足を取られることもない。木切れをふりまわしクモの巣を払いのけながら見上げると、木々のすきまからオオクチ壁がのぞいている。その麓《ふもと》を目指して歩き続けていると、思いがけないほどに早く滝の音が聞こえてくる。

森を抜け、岩屋の入り口の杉の枝葉をどかしてウェレカセリを呼ぶ。返事はないけれど、少し奥でゆれる火と岩屋の壁を這う影、がりがりと響く硬い音、だれかいる。

ウェレカセリが黒くとがった石で岩を削っている。

「メカシでかくした深い深い皺っ、ダンマリのあかしっ、オトガイよく来たっ」

　ちらりともこちらに目を向けずに言う。

「ずっとここにいたの？　カリガイがずっと、探していたのに」

「これをっ」とウェレカセリはせわしなく岩をがりがり削りながら、「これをこしらえてたっ。どうしても描かずにはおれなかったたっ。描かされた、とも言えるっ。なにを描かされているのかっ、わしにもさっぱりなのだよっ」

　前きた時よりうんと増えて、もう岩屋の壁じゅう、びっしりとおおわれている。オトは壁に手を這わせて、彫られた模様のぎざぎざをなぞる。思ったよりもずっと深くて、より硬くて、細かく、うねうねと曲がりくねる。岩屋の奥に突き当たり、たどる指が向かい合った大きな女と小さな男の絵へとたどりつく。

「この女の人はだれ？」と聞くと、「マダラコかなっ」と答えるからびっくりして「でもこっちの男の子どもはウェレカセリでしょ？」と聞いたら、「オトガイかなっ」と答えて、ウェレカセリはふぁふぁと笑いのけぞってたっぷりとした髭をなでる。その指に背の青い蜥蜴がからみつき、また髭の中にもぐりこむ。どうやらオトをからかったらしい。

「ザイガイはいま、苦しい？」

ウェレカセリは火床のそばに座りこんで、木鉢の水をずるずるとすすると黒くとがった石で親指の先をつつく。親指の先でぽつりと赤く、血がふるえている。

「この苦しみならない、おそらくないっ」

「それは、苦しくないってこと？　ウナノハテノガタに行けるってこと？」

「ウナノハテノガタッ、どんな場所か知っているっ。カリガイにいやってほど聞いたからっ。本当にあるのかっ、お前の母ザイガイが行けるのかっ、それは知らんっ。お前たちとちがって深く深く、眠ったことがないのだよっ。動かなくなったって、すぐにまた目覚めてしまうっ。その時にはもう別のジダイにいるのっ。しばらくするとまた、わしがわしであることを思い知るのだよっ」

ジダイ？　なにを言っているのかよくわからない。ごまかされている、と思う。

「嘘《うそ》だ。ウェレカセリはなんでも知ってるんでしょ？　なのにどうしてかくす？　島のことだって、イソベリたちは、なんにも知らない。だまされてる」

「そう大きな声を出すなオトガイッ。この岩屋の中では響いてかなわんっ。たくさん生きたってねっ、知っていることと知らないことが増えていくだけっ。なにもかもは知らないのだよっ。イソベリの掟《おきて》を作ったのはイソベリだよっ。ウナの向こうで、イクサがあってっ」「イクサ？」「コロシアイだよっ、コロシアイッ」「コロシアイ？」

「もういいっ。いずれわかるっ。まずは聞いてオトガイッ。イソベリはイクサから逃れ逃れてっ、あの浜にたどりついたっ。お前たちには当たり前のことかもしれないけどっ、シオダマリはいつでも魚が拾えるねっ、アサリもマキニシもカニもそうっ、そんなところは二つとないのだよっ。イソベリたちは、ここに根を下ろして暮らしていこうって決めたっ。一族の掟にしたっ。よそに行こうなどという気を起こさないようにっ。苦労してきたからねっ、自分らの子には楽をして欲しかったんだろうよっ」

いつの間にか、オトはまた壁にふれていた。はじめて聞くことばかりで追いつけないほどなのに、模様に指をなぞらせていると、なんでかすっとオトの中に流れこんでくる。

「わしは見守りっ、ハイタイステルベの背中をさすっただけっ。いつの間にかそれが、ハイタイステルベとわしとの約束事になったっ。カリガイなんかはしょっちゅう来るねっ。あれは優しい子っ、それだけダンマリが苦しくなるっ。とても苦しくなるっ。いくらでも背中をさすってやったよっ。どんな話だって聞いてあげたよっ。ただ、ちょっとさすりすぎたかもっ。ある時からしきりにウナノハテノガタという見もしないところの話をするようになったっ。奴の父ヤクトガイッ、その前のオクトガイッ、そんな話しなかったのにっ。あれはっ、わしがいなくなればきっと壊れてしまうよっ。きっと壊れてしまうよっ」

父カリガイが壊れる。割れてもとに戻らない土鉢のように、ばらばらになる。たしかにカリガイは、いつものカリガイじゃない。集落でウェレカセリを呼び探しまわるのを見た。島で、ハイタイステルベなのに喋っていた。このままウェレカセリに会えなければ、もっと悪くなる。

「ウェレカセリ、早くカリガイの背中をさすってやって」

「ああいいともっ。ただカリガイは優しすぎるし、わしはさすりすぎっ。お前たちイソベリにかまいすぎたのかもっ。イソベリの言葉にはシヌがないっ。イキルもないっ。惜しまない笑わないアラソワないっ、さんざん見てきた奴らしくないからそれで目が離せなくてついついっ」

また知らない言葉がまじりだし、声が縮んでいく。口の中でぶつぶつつぶやきながら、壁をにらんでいる。

「シヌってなに？」

ウェレカセリは静かに首をふると、膝に手をついて立ち上がる。

「じゃっ、エビヌマにどうぞっ」

ウェレカセリの手は大きくてあたたかい。それが沼のほとりで膝をついたオトの背中をさすったり、叩いたりしている。もう片っぽの手のひらとウェレカセリの頭がオトの顔を挟みこむ。もがいても大きなブナの根っこみたいに動かない。唸るウェレカセリにあわせてゆれるしかない。

背中の奥で波がゆれる。いったりきたり、ゆれている。夜の花みたいにしぼんでしまうかというほど汗が出て、波が大きくうねり、喉のずっと奥をうつ。うたれた喉までゆれだして声がはじける。でもオトの声じゃない。ウェレカセリの唸り声が歌になる。

ハイタイステルべは守り人。
よそへ行くなと舟潰し、シリタガリの鼻潰し、
ハイタイステルべは守り人。
知られすぎてはうまくない、シャコガイの面でダンマリ強《し》いる。
島は島。だれもいないよ。だれよりダンマリ背負わされ。
島は島。治らないよ。重みに耐えかね蝕《むしば》まれ。
あわれなハイタイステルべ、背をさすろう。思うままに話してごらん。

あわれなハイタイステルべ、エビヌマが呼ぶよ。黒い呻きを吐き出してごらん。

はじめてなのに、なじみの節まわし。そういえば知っていた気もしてくる。暗くて深いところに沈んでいく。どんどん沈んで波も遠ざかって、色も音もかたちもにおいもないところで、それなのにだれかが追いかけてくるのだけはわかる。寒いな、と思ったとたんにすごく寒くなって、背中がのたうち、吸うのも吐くのも苦しくなる。喉をふさいでせりあがる。ひっくり返って、どぅるん、かたまりを吐く。黒いかたまりは沼に沈みながら、ブンブンみたいにもどかしく聞きとれない、だけどひどくにぎやかに、なにかお喋りしている。

「もう大丈夫っ、大丈夫だよっ」

ウェレカセリの手のひらが背中をほぐす。こわごわ息を吸う。草と木のにおいが鼻の奥をしめらせる。雲がわれて、オオキボシが沼にそっと足をおろすと、涙でふやけた目の中に真珠をまいたみたいに小さな光がまたたく。

「むむうっ」

ウェレカセリの手のひらがオトガイから離れる。

「聞こえたかオトガイッ。茂みの奥だっ、なにかいるっ、かくれてたってだれかはわかるよっ、うんっ、ぶっそうだよっ」

背中をゆっくり伸ばして振り返ると、ウェレカセリがエビヌマをかこむ葦の茂みに分け入っていく。すぐ後からオトも茂みに踏み入ったところで、ウェレカセリが、ふっと消える。

穴だ。

追いついてのぞくと、マナフタを閉じかけてものすごく眠そうな目をしたウェレカセリが、穴の底からじっとこっちを見ている。顔がさかさまになるくらい首をかしげて、長い髭の間からとんがらせた口を突き出したまま、呼んでも呼んでも、ウェレカセリは動かない。穴の底から空にむけてつま先をぴっと伸ばしたまま、きゅうくつそうに首で逆だちをしている。

やがて白い髪から小蜂の群れがぶんと羽音を鳴らしながらだまになって飛びたち、その少し後で、髭の中からたくさんのクモが黒く流れでて地べたをおおい、最後によく太ったヘビが一匹、足のつけ根からのたりと這い出し、くねくね身をよじりつつ茂みの奥へと姿を消した。

五章　ブチイヌ

　ぱらぱらと砂がこぼれていて、ずっとウェレカセリの顔にかかっている。穴に落ちたウェレカセリはぽかんと口を開けたままだ。クロダイみたいに、前歯をちょろりとのぞかせて。

「ウェレカセリ」

　穴のふちに膝をついて呼ぶ。ウェレカセリは動かない。いまにも動き出しそうで、ウェレカセリがまばたきをするのを待つ。鳥の羽音がした。耳の中から羽ばたいていったみたいに大きく聞こえた。

「ウェレカセリ」

　ウェレカセリの顔から目を離さないで待っているのに、なにも言わない。どこも動かない。右目の白いところを這っていたブンブンが羽をふるわせて、ふっと浮かんで飛んでいく。

オトは立ち上がる。後ずさって、茂みに足を取られて、尻から茂みにはまる。なんでこんなところに穴がある。前からあったのか、なんども地べたがゆれているうちに開いたのか。なんでこんな浅くて狭い穴にはまっただけで、動かなくなる。ウェレカセリも島に行くのか。島に行ったって、治らない。イソベリ魚はいない。父カリガイはもう目を覚ましただろうか。いまもウェレカセリを探しているだろうか。

あれはっ、わしがいなくなればきっと壊れてしまうよっ。

ウェレカセリの言うとおりだ。これを、カリガイに知られてはならない。

母ザイガイに呼ばれた気がして、腰袋をまさぐる。あった、ちゃんとある。ザイガイの指。口に含みたくなる。土と血の味がほんのすこし残っている。奥歯に当たっているほうが指先。舌でなぞっているうちに、つるんと口から飛び出しそうになる。茂みに包まれた背中と尻をゆらしながら、唇できつく締め上げてみたり、すぼめた口から出したり引っこませたり、なんかもうやめられない。

ウェレカセリは動かない。

がさっとツバキの茂みから音がした。舌を動かすのをやめてじっと待つと、またがさっと鳴る。がさ、がさ、がさってはっきりとした音が近づいてきて、あっと思う。叫ぼうとして咳きこんで、口の中に入れた母ザイガイの指が今度こそ飛び出しそうになるのを、前歯で指先に噛みついてなんとかこらえる。

　マダラコの顔がのぞきこんだ。

「オトガイ？」

　毛皮の奥で首元から下にたっぷりとした白い胸がぶら下がっているのを見て、茂みにはまりこんで身動きのとれないこのオトが、急に小さなチビになってしまったような気がする。

　手を差し伸べたから引っぱり上げてくれるのかと思ったら、オトのくわえていた母ザイガイの指をつまみ、そのまま引き抜く。マダラコはそれを顔の前まで持ち上げると、じっと見つめた後「アー」と短く鳴いて、自分の片手の指と重ねるふうにしてあてがってみせて、「指」と言う。

　なんでかオトは首をふった。マダラコも首をふった。それからマダラコはオトを引っぱり起こして、母ザイガイの指をまたオトの口に戻そうとしたけれど、オトは慌てて奪い返して、腰の袋に戻す。

　マダラコがゆっくり首をまわす。穴の中のウェレカセリを見ているのがわかる。マダラコが足元の小枝を拾って、ウェレカセリに向けて放り投げる。ぽそっと軽い音がした。動かない。デロリとマダラコがつぶやく。

「シンデレリル」

マダラコはウェレカセリとオトとを交互に指さしながら、「オトガイが？」と聞いた。「なにが？」「オトガイが？」「なにを？」「オトガイが？」ってくり返して、やっとマダラコがオトがウェレカセリを穴に突き落としたか聞いているとわかった。

オトはマダラコと目を合わせながら首をふって、ゆっくりとくり返す。

「ちがう、ちがう、ちがう」

マダラコはオトに背を向けると、穴の前にしゃがんでウェレカセリ、と呼ぶ。動かない。

「シンデレリル」

とまたマダラコがつぶやいて、ウェレカセリを指さして「島？」と聞いた。知っているんだ、と思う。ヤキマが教えたのだろう。オトは首をふった。

「デロリラ、イソベリ、呼ぶ？」

そう言いながら、大きなブナの幹に縄をくりつけている。

イソベリを、呼ぶ。

父カリガイの顔がまた浮かぶ。オトの手が持ち上がって、口を押さえている。

「かくす。マダラコ、ダンマリ」

「かくす……ダンマリ……」

マダラコから目をそむけるとエビヌマの黒い泥が見える。ハイタイステルベが吐いた黒い呻き。マダラコは縄をつたって穴に降りていく。穴の中で、ウェレカセリの両腕のつけ根に縄をとおして穴からはい出てベリデルと言う。
引っぱって。ヤマノベの言葉だけどわかる。ほっとする。やることがあるとほっとする。マダラコを見る。息がかかるほど近い。黒い目がオトを見返し、ゆっくりと顎を縦《たて》にゆらす。オトも動きを合わせる。たしかめ合っている。ダンマリしないといけないと、よくわかっている。

マダラコとブナと力を合わせてウェレカセリを引っぱり上げる。透けそうに白いマダラコの腕に、固そうな筋が浮かんでいる。波みたいだ。ウナの肌があちこちでふくらんだりくぼんだり。風が吹く。アマクモの森では、風はねばつかない。肌にあたると細かく砕けていく。マダラコはブナの縄をほどいて、ウェレカセリを引きずって、エビヌマに沈める。

泥の上をハウテビラがふらふら飛んでいる。マダラコはエビヌマに浮かぶウェレカセリの尻やら肘やらを棒切れで押しこんでいる。とうとうウェレカセリが泥の下にかくれ、見えなくなって、ぽっこりぽこりとあぶくが浮かんだ。

「ウェレカセリには会えたか？」

いきなり聞かれて尻の肉が勝手にはねる。だまって見返していると、そうか、と父カリガイが声を沈ませる。カリガイが薪を火の中にくべ、夜空へと伸びる炎の先にちりちりと火の粉が上がった。波が大人しい。手前から奥へと押して引いて、ではなくて、浜をざらざらと横滑りしていくようでずっと聞いていたくなる。この前こんなふうに波が鳴っていたのはいつだったっけ。その頃はまだカリガイ小屋には母ザイガイがいたんだな。

「どこにいるんだろうな、ウェレカセリは。オトも遅かったな」とカリガイが薪を叩いて細く割る。

「ウェレカセリを探しながら、アマクモの森を歩いてみたんだ。ちょっと迷ったけど、オオクチ壁を背に歩けばどこかの浜には出られるから、あんまり怖くはなかったよ」

「エビヌマにも行ったね？」

父カリガイを見ると、父カリガイもオトを見返す。

「うん、行ったよカリガイ。でも、どうして」

「エビヌマの泥のにおいがしたからね。吐いたか？　黒いかたまり」

カリガイは串で貫いた魚を炎のそばから引き抜いて、また少し離れたところに突き立てる。

「吐いたよ」

「お前ひとりでか。可哀想なオトガイ。次はウェレカセリに背中をなでてもらうといい。ウェレカセリの前では、どんなダンマリだってない。なにもかくさなくっていい」

父カリガイは目を細めると、だれかの背をなでるような手つきをする。

「岩屋まで行ったのに、なんの話も聞けなかったわけか。このカリガイが話してやる。もう少しそばに来なさい。じきに魚も焼ける」

父カリガイがウナノハテノガタの話をしている。しょぼつかせた目を小屋のあちこちに巡らせながら、どれほど恵まれたところなのか話す。

「ウナノハテノガタに舟がつく。あの大きな舟だ。みんな降りてくる。ああどうしたことだ、島にいた時とはまるっきり姿がかわっているよ。溶けた体はまたふっくらと、手には水かき、鱗も生えているよ。寒くも暑くもないね、花のにおいのするやわらかい風がゆれているね。ザイガイとヤクトガイが、みんなが笑いあう。待っているのはオクトガイ、それになつかしいなつかしいイソベリたち。はじめて聞く歌とはじめて食べるご馳走《ちそう》でおもてなし」

炙られたままの魚が焦げて炭になっていく。カリガイは気づかない。オトもいまは食べたくない。魚が串と一緒に火の中で崩れていく。わからない。この目でたしかめないと、信じられない。

「ほおら、ウナクジラだよ」

カリガイは見てきたように継ぎ目なく話し続ける。こんどの話は本当なの？　たしかめたくて、言葉をさがす。でも父カリガイが、壊れてしまうのが怖い。唇のはしに泡をためたまま喋り続けるカリガイに向かって、うなずいているしかない。

ここでもダンマリだ。カリガイとオト、ハイタイステルベは二人きりなのに。これからずっと、ダンマリばかり？　エビヌマのほとりに立ちつくす大きくなったオトを思う。膝と両手をついて、前のめりになって黒いかたまりを吐く。吐いて吐いてどんどん吐いて、体の中が空っぽになるまですっかり吐き出した後、つま先からみるみる内側にめりこんで、足からどんどんなくなって最後は吐いていた口までも裏返しになって吐いちゃったら、なにが残る？

岩場のすきまのあぶくみたいに、男や女の声がはじける。背中にだれかのあたたかい尻がふれる。マナフタをあけると、見なれたいつものカリガイ小屋だ。葦の壁で火に照らされた影がゆれている。

「おるのだよ、シオダマリに。ほらなんと言うたか」タアリ婆は顔の前で土をこねるふうに指を動かし「あのヤマノべどもの連れとった獣じゃよ」「ボッボボッボわめく」「そう、鼻のとがった」「あれはイヌ。ヤマノべと仲良しの」「そうイヌ」「それが七匹。七匹おった」

ヤマノべ。レフタイを島に運んですぐに、さみしい木の下を離れて奥の川に住み着いたヤマノべ。まだ歩けないのもいるだろうか。傷はどこまで治ったか。カリガイ小屋に集まったイソベリたちの声は途切れない。

「魚を取っちまう」「メジナにメバル、あとカサゴ」「大きな魚ばかりだよ」「タコも取りおる」「トンノガネが近づいたら、こう歯をむいたんだ」「白い歯、こぼれ落ちそうに長くて、よくとがって」「一匹そうなると、他の六匹も同じように唸るんだよ、ぐるぐるぐるぐる」「長い鼻に皺が波打って」「足を踏ん張って。頭を低くして」「真っ赤な舌、ひらひらさせてな」「嚙むのかな」「嚙むね」「イソベリを食うのか？」「食うね」「島に行けるな」「アイガネがやめろと言ったって聞かないよ」「言葉がわからんもんで」「それでアイガネ腹立てて」「でも怒鳴ったら吠えられて」「言葉は駄目でもあの獣、あれは賢いな」「上手に魚を取りおる」「一旦《いったん》背にがぶりと嚙みついてな」「しばらく放って、弱らせてから尾をくわえてな。ずるずる浜を引きずってな」

「運んでいくんだよ。ヤマノベのところまで」とヤキマが口を挟む。

「ほう、獣同士で分け合うわけか」

　トンノガネが地べたに手をついて、砂に食らいつくふりをしてあああと笑う。ヤキマはオトにだけ聞こえる声で、トンノガネなんかよりずっと賢い、とささやく。

「まあ、いいじゃないか」とジン叔父が地べたに尻をつけて座り、足を投げだす。

「あふれるほどいるんだから、あげちゃえばいい。手で拾ったって、足で踏んづけたって、いくらでも取れる。ほれカニだって」

　ジン叔父が腰袋から蒸しガニの足を引っぱり出して、身を二つに割ってじゅるじゅると中身をしゃぶりだす。

「魚はいいが、あの獣後ろ足を片方持ち上げて、こうシシをひっかけおったぞ。ウナクジラの骨に」タアリ婆がそう言うと、「あーあ」とか「うわあ」とか「イヌめ」と言う声が沸き起こる。と、カリガイが顔の真ん中に険しく皺を寄せて唸る。

「何番目の骨だ？　タアリ婆。後でよくよく洗い流そう」

　叔母チマキマが「ちょっと持ってくだけならいい。こうしょっちゅうじゃ、カニしゃぶっているうちにすっからかんよ」と泣きだす。

「ヤマノベと話をする」

ヤキマの声だ。

「話すってヤキマ、ヤマノベの話しかたはイソベリとちがうぞ」

「マダラコがいる。マダラコが話せばいい。魚を取るならちょっとだよって。一日にひとり一匹までとかさ、なにか約束をして互いに守ろうって」

「それ、イヌでもわかるのか」「わかっても、嫌かもしれない」

「うまくいく。マダラコは賢いからね。それに、イソベリの役に立ちたがってるんだ」

ふりむいたカリガイと目があう。オトの体のあちこちにふれてから、顎の先を拳《こぶし》の背でなんどか軽く叩き「ずいぶん長いこと眠っていたなオトガイ。もう目を覚まさないのかと思った」と言って歯を見せる。なんでもない顔をしてあああと笑う。カリガイ小屋に集まったイソベリたちもあああと笑う。カリガイはずっとみんなをだましてきた。あああと笑いながら。

このオトガイもだ。

だれもいないところに行きたい。小屋を出て、集落を走り抜ける。石の原のさみしい木の根元に背中を押しつけてしゃがむ時に、腰袋が乾いた音を立てる。取り出してザイガイの指をかざす。指の向こう側の星に目を持っていかれる。きらきらと滑る。空を滑る。ぎらぎらとさわがしく、星が空を滑る。母ザイガイの指を口に押しこむ。舌で押しホウベタをすぼませ、ザイガイの指を吸う。

　石を踏む音が聞こえる。闇の向こうのザイガイに「やあ」と言ってみる。声は返ってこない。闇から姿も現さない。ザイガイは島にいるのを思い出す。

「だれ」

　もたれた幹のすぐ後ろから「マダラコ」とかすれ声が言う。いつから見られていたんだろう。いまさらか。顔を上げて、星を見ながら母ザイガイの指を吸う。

「ウェレカセリのこと、ダンマリだよ」

　かさついた、ダンマリとくり返す小さな声が返ってくる。

「ねえマダラコ、ウェレカセリが落っこちた時さ、どうしてあそこにいたの？」

　星が二つ空を滑り落ちてから、マダラコが言う。

「話があった」

「ウェレカセリと、話？」

「話す前に、勝手に落ちた」

そういえばウェレカセリ、茂みにだれかいるって言ってたな。あれ、マダラコか。

「どうしてヤマノベと一緒じゃないの？」

「一緒はできない」

かすれ声が少し大きくなる。

「あのヤマノベ、テイボズと喧嘩《けんか》したから？」

声は返ってこない。かすかな息づかいだけ。だけど同じ木の根元に座っている。

二羽のウナドリが空の高いところで、ぐるぐるまわりながらお互いを追いかけ続けている。潮が引きはじめると、岩場の上でシオダマリを見張っていたタンチャがこっちを見下ろして、低くささやく。

「来た」

岩場によじ登ってのぞくと、シオダマリを歩くヤマノベが二人、時々しゃがみこんでは、魚やマキニシを拾って袋に入れている。二人の足にまとわりついているイヌは七匹だ。すぐとなりでのぞくジン叔父がぶつぶつこぼしている。

「ああ、いまの大きなマキニシいいな、ジンが食べたかった」

族長アイガネが「行こうか」と言ってシオダマリに飛び降りる。続いて飛び降りようとして、踏みとどまる。怖い。こんなに高くちゃ飛べない。いままで当たり前に飛べてたのに、みんな飛べるのに。イソベリたちがどんどん飛び降りていく。見ているだけでも吸いこまれそうで怖い。おかしいのはきっとオトだ。

「オトガイなにやってる。行くぞ」

　タンチャが笑う。笑われながら、足を下にして岩場を這って降りていく。シオダマリで、イヌたちは遊んでいるみたいに魚を取っている。潮の引いたシオダマリの浜に取り残された水たまりでしぶきが上がると、イヌはたっと駆けだして魚を追う。鳥みたいに速い。かうっかうっとせき立てるような大声で、せわしなく吠える。浅瀬に追いこんで砂の上まではね上げたり、一匹が追いつめて、別の一匹がしとめたり、ここで魚を取るのにすっかり慣れている。

「おおーい、そこのヤマノベー」

　族長アイガネが声をかける。イソベリが大勢いるのに、長い棒に寄りかかるようにして立つ二人のヤマノベは、逃げようともしない。水たまりにくるぶしまで浸かってじっとこっちを見ている。オトはそれぞれに見覚えがあった。炎に焼かれたせいで、手の皮と爪とが溶けて指が全部くっついてしまった女と、尻の肉が削れて、血をしたたらせていた男。もう歩きまわれるくらいには、傷がいえたらしい。

「だめだよ、こういうことしちゃ」

やわらかい声を出しながらアイガネが近づくと、イヌたちが音も立てずにすうっとヤマノベの足元に集まる。アイガネは柔らかい声のまま「ごめんなさいね」とくり返しながら、そろそろとイヌのすきまを歩いてヤマノベの持つ袋をのぞきこむ。

「しかしだ、なくなっちゃう。こんなに取ってたら。ね、これで最後にしてくれんか」

イヌたちに囲まれて身を寄せ合う二人のヤマノベは、ちらりとアイガネを見て背を向けて、波打ち際を歩いていく。ひしめくイヌの背中をちょっとなでて、アイガネが戻ってくる。並び立つウナクジラのあばらの前でウナドリの羽飾りを取ると、白髪頭をかきむしる。

「やっぱり駄目だ。とんでもないものを連れてきてしまったな、カリガイ」

カリガイが開きかけた口をまた閉じて、アイガネをじっと見る。タンチャが岩場に向けて腕をふり上げる。

「マダラコたちだよ」

なにかの束を抱えたヤキマとマダラコが、岩場を背にこっちに歩いてくる。マダラコの腹は毛皮がはち切れそうに張り出して、ずいぶんふくらんで見える。ヤキマは抱えていたものを、ウナクジラに立てかける。先をとがらせた竹の束だ。

「これはヤリ。マダラコと作った。使うかもしれない。みんな見ててごらん。マダラコがイソベリの役に立つよ」

マダラコはむっつりと口を結び、遠ざかるヤマノベとイヌを追って駆けていく。そのあとをヤキマも追いかけていく。

「ヤキマはずいぶんとあの獣に入れこんでおるな」とタアリ婆が言う。トンノガネが「ぽっぽっぽっ」と息を吐いてワンムの仕草をして、男たちがああと声を立てて笑う。「妻にするなどと言いだしたらどうすりゃいいの？」チマキマが額に手をあてて首をふる。「許すものか」「許すも許さないも、マダラコはずっとヤキマ小屋で暮らしておるではないか」

マダラコを見たヤマノベから、「やっ」と鋭い声が上がる。

やっやっやっや。

腹の奥のほうからひえていく。その深くとがった声にはなにか、ものすごくいやなものがまじっている。

やっやっやっや。

声が大きくなっていく。女のヤマノベが、「やっ」と叫びながら腕をふり上げる。

ひんむいた目の黒いところをふくれ上がらせて、叫ぶたびに砂色のとがった歯がのぞく。足に体を巻きつけるようにしてイヌたちが吠える。マダラコはもう駆けてない。だけどかまわずヤマノベに向かっていく。手が届くほど近づいて、なにか話しかけた。二人のヤマノベが背を向けて歩きだす。

「あっ待って、マダラコの話、聞いて」

追いすがろうとしたヤキマがふり払われ浜に転がされる。ヤマノベの袋が水たまりに落っこちて、魚の光る背と白い腹がばらばらとのぞく。

イヌたちの背が持ち上がる。イヌの顔がひん曲がり、鼻のつけ根に皺がはしってる。歯をむいている。一つ一つが鋭くとんがっているのが見えて、オトの足がすくむ。赤いイヌが、立ち上がろうともがくヤキマの首のつけ根に鼻先をつっこんで、ひぃひぃ鳴く。笑ってるみたいな声だ。ひぃひぃひぃぃ、頭をふりまわして長い舌をゆらし、枝の上のウズラみたいにはねまわって勢いよく水たまりをふんづける。

マダラコがヤキマの手を引っぱり上げて、駆け戻ってくる。

「やっぱり駄目じゃないか、ヤキマ」

トンノガネが砂を蹴る。ヤキマも砂を蹴り「見てろ」と叫ぶ。叫んだあとまた砂を蹴る。トンノガネに砂を蹴りかける。

「マダラコがな、これからだ。これからやる。マダラコがすごいことをするから」ウナクジラの骨に立てかけた竹の束をまさぐって、長くて反っているのを一本、短くて細いのを一本、マダラコに手渡す。長いほうは両端にぴんと麻縄が渡してある。長いのと短いの、両手に一本ずつ棒を持ったマダラコが足を開いて腕をくねっと動かす。投げる？　マダラコの腕の中で二本の棒が交わった、と思うとしゅっと音がする。あれ、短い一本、どこ行った？

きゃっと甲高い鳴き声がする。ヤキマが転がされたあたりをうろついていたブチイヌが飛びはねる。背中から落っこちて動かなくなる。腰に突き立っているのは、短いほうの棒だ。飛ばした？　あんなに遠く？

ヤキマが「どうだ」と振り返る。シオダマリのはじっこで魚を拾っていたさっきの二人のヤマノベが立ち上がり、こっちに引き返してくる。

「デッデデレルルロデデリル」

「あの鳴き声、ぞっとする」と族長アイガネが首をすくめる。「ムジは背中が痒くなる、タンチャ、かいてかいて、背中かいて」

「デレリロリルロ」マダラコが鳴く。

ヤマノベたちが大声で怒鳴り散らす、なにを言っているのかはわからない。でもヤマノベたちが怒っていることくらいはわかる。マダラコも言い返すけど、声が短い。ヤマノベたちのほうが、ずっと勢いがあるし、顔を真っ赤にして大声で叫び、涙を流す。激しい。ヤマノベはいつも激しい。マダラコは段々、言葉をなくして、ついにはうつむいてだまりこんでしまう。

「デリッ、マダラコ、マダラコデライ、シネ」女が石を投げる。つかめないから、ころころと浜を転がるだけ。

「デライマダラコ、オッチネ」男が足もとの石をつかんで投げる。マダラコの足もとの砂に埋まる。デリデロわからないけど、罵《ののし》っている。ヤキマがかばうようにマダラコの前に立つ。

マダラコが立ちふさがったヤキマをどかす。腰紐《こしひも》から短い棒を抜いて、足を開く。マダラコの腕の中で二本の棒が交わるのを見たヤマノベたちは短く叫んで、背を向けて走りだし、浜の向こうのクリ林に姿を消す。

マダラコは腕をだらりと落とし棒を地べたに突き刺して、座りこむ。頭を砂に押しこむようにして、背中を波打たせて泣いている。あの時そっくりだ。ウェレカセリの岩屋の前でテイボズと出くわした時も、怒鳴りあいのあとに、こんなふうに這いつくばってひいひい細い声で泣いた。

「マダラコが追っ払ったぞ。役に立ったぞ。イソベリのために」

ヤキマが叫ぶ。水たまりに一匹だけブチイヌが残り、しぶきを上げて暴れている。

「オトガイ、これはヤリ」

ヤキマに先のとがった竹を渡される。

「アイガネ、タンチャ、これはヤリ」

ヤキマがイソベリたちにとがった竹を配る。竹を持ったみんなに向かって手をゆらさせて、マダラコがとり残されたイヌに向かって歩きだす。マダラコの後を歩くヤキマが振り返る。

「みんなも来て」

ずぶ濡れで座りこんでいたブチイヌが、こっちを見て歯をむく。不器用に立ち上がり、はねるように歩き、すぐにまた座りこむ。イヌが動く。腰から生えたなにかがふりまわされる。マダラコの、短いほうの棒だ。しゅっと音がして消えた棒が、あんなところに刺さっている。

「そばで見ると、小さいね」とムジが言う。「それに、全然怖そうに見えない」とタンチャがイヌの顔をのぞく。触るでないぞ、とタアリ婆が言う。

みんなの影の中から、ヤマノベと同じ、イヌの黒い目がオトを見上げる。

「それで、こいつをどうする？」とトンノガネが聞く。「毛皮は、ほしい。あのマダラコのような」とチマキマがつぶやく。父カリガイがマダラコを振り返る。

「それで、マダラコ。どうしたらいい」

「突けと言ってる。ヤリで突けばシオダマリを守れるって」

　ヤキマが言う。

「こっちで」

　マダラコがヤキマのヤリを取り上げて、とがったほうをイヌに向けてまた握らせる。イソベリたちがヤリの先をブチイヌに向ける。イヌが唸り声を上げて少し動く。腰に刺さった短い棒がオトのヤリにぶつかって、こんと音をたてる。

「みんな突け」

　ヤキマがきええいっ、と叫ぶ。イヌはホウベタを小突かれて、嫌そうに顔を背け、ゆらゆら立ち上がる。ヤリの先はすごく、すごくとんがっている。これを刺す、のか。このブチイヌに。舌をだらりとぶら下げて荒い息をくり返したまま、イヌがゆっくりとマナフタを閉じて、また開ける。背中をウナの風がなで、毛がゆれる。

　カリガイは「そんな、魚に串をとおすみたいに」とつぶやき、ヤリをイヌの頭の上でゆらゆらさせる。タアリ婆のヤリに尻を突かれて小さくはねる。オトもわき腹を突く。あ、ずるい。トンノガネは刺さずに、とんとん背中を叩いてる。

ヤキマが叫ぶ。

「逃げるな。ちゃんと、刺せ」

さっきより少しだけ強く背中を突く。イヌがひぃぃんと鳴いて、長々とししを垂れる。

「なんだか、いやだよ」

ジン叔父が言い、ヤリを放り投げる。オトもいやだったから、ほっとする。ブチイヌを囲んでいたみんなのヤリがちょっとずつ離れていく。オトもヤリを放り捨てようかと迷っていたら、いきなりブチイヌがぐっと踏ん張り、きゃああと叫ぶ。耳の奥がびりびりふるえる。

イヌが高く、オトより高く飛び上がる。あわててヤリを持ちなおす。宙でイヌがくるりと体をねじると、オトのヤリの先がずんと重くなる。ヤリの先でゆれながら、体をねじったブチイヌがつややかな両目でこっちを見ている。しっぽがホウベタをなでる。ヤリがずるずるとイヌの背中に呑みこまれていく。握っている手があたたかくて、見ると血でぬったり汚れている。だらりと長い舌がはみ出たイヌの口から、黄色いものと一緒にヤリの先っちょが飛びだす。

みんなうるさい。周りでうるさく騒ぎたてている。重さとふるえが伝わってきて、オトの背中の奥へゆっくり染みこんでいく。

「オトガイ」

ヤキマの青く透ける目がのぞきこんでいる。

「平気だよヤキマ」

手が、指が変だ。ヤリをはなすことができない。早く手を洗いたい。ずるずるずるずる、ヤリはまだ埋まっていく。ほとんどイヌの毛皮に埋まって、オトの腕まで呑みこもうとしている。シオダマリはすごく静かだ。指にへばりついたイヌの血が、粘りをましていく。

振り返るとウナが広がっていた。どこまでも開き、横たわっている。はてを見る。ウナがゆがむ。ウナと空との境目がゆがむ。

「ゆれてる？」

ヤキマが聞いた。大きく地べたがゆれていた。足の裏の下の砂がぐにゃぐにゃになって立ってられない。水たまりに転んでずぶ濡れになって、ほかのイソベリもみんな転がって水びたしの体がからまって、ぜんぜん立ち上がれない。たまたまつかんだナマコがしょっぱい水を噴く。オオクチ壁が、遠くごうごう鳴っている。手や膝をついて、ゆれが過ぎ去るのを待つしかない。ゆれはだんだん小さくなって、地べたがもとの固い地べたに戻っていく。

ウナドリが騒がしく鳴き交わしながら、頭の上を横切っていく。あっちこっちで魚がはねまわり、ウナがあわ立つ。波打ち際のあぶくからカニがあらわれて、後から後から浜に走り出ていく。

「波がかわった」ヤキマが言う。

みんながウナを見ている。黒い波が、ゆれながらふくらむ。ちがう。近づいてきている。ウナの上で黒くもり上がる。舟？　ちがう。丸く、細長いものが、波にもぐったり打ちやぶったりしてのたうちまわる。胸びれが空を裂き、白い腹をのぞかせて背中からウナに落ちる。

「なになになに」

アイガネが波打ち際で尻もちをつく。はね上がった白眉の下でマナフタをむいている。高くはね上がった大波から大きな頭が、ぬっとのぞく。「なんだなんだ」「でかいぞ」「なんだあれなんだあれなんだあれ」ひっくり返った声が散らかる。重なる。魚？　ちがう。こんな大きな魚はいない。強くうねって波を砕き、地響きとともに浅瀬にぶつかってせり上がる。ウナを滑るようにシオダマリにのり上げ押し寄せる。

ざわめきに悲鳴と砂の響きがまじりあう。

「逃げろっ」

父カリガイに背を押される。水の底で足の裏が砂にふれる。白い腹を走るたくさんの溝が見えた。ふくれ上がった波に背中をつき飛ばされ、カリガイに抱かれながら砂の上ででんぐり返る。どっちに空があるのかわからない。

六章　ウナクジラ

　濡れて砂だらけの体を起こす。浜には大きいのも小さいのも、あちこちで魚がきらきらと跳びはねている。

　その大きなものが、こっちを見ている。

　魚に似た黒くて大きなものは、ウナクジラの骨にのり上げて、後ろから押し潰している。

　その大きな大きなものは湿った音であえぐと、舌ののぞく口を開き、頭のてっぺんから高々としぶきを上げた。

　逃げなきゃ。でも立ち上がろうとしたとたん、ウナ草に足をとられて砂浜に思い切り胸をぶっつける。逃げなきゃ。這いずって逃げる。

　砂まみれのまま、こわごわ体をねじって振り返る。大きなものは、追いかけてこない。

同じ場所で、じっとしているだけ。波打ち際から、沖の波が白く立つ入り江の入り口まで届きそうに長い胴体。胴体の真横に伸びている、鳥の羽に似たもの。なに、これは。

マダラコをかばう格好で倒れこんでいたヤキマが、這うようにして浜へ向かう。呼ぶと手を上げて、大丈夫という。怪我はなさそうだ。あちこちで泥が持ち上がって、その泥をぬぐいもしないでイソベリたちが立ちつくす。タアリ婆は両腕を自分に巻きつけるようにして、その大きなものを見上げたまま、じりじり後ずさっていく。タンチャはずいぶん離れたところまで逃げていて、ふいに浜にしゃがみこんでししを垂れる。駆けてきたジン叔父が魚の刺さった串を両手に、イソベリと大きなものとに交互に目をやっている。族長アイガネは食いしばった歯のすきまからしゅっしゅっと息を吐きながら、大きなものに一歩近づいたり、飛びのいたりをくり返す。

大きな大きなものは、頭を浜にのり上げてじっと動かず、沖からシオダマリへの波の行き来をじゃましている。口は胸びれの近くまで裂け、背は空をおおいそうに盛り上がって、太い胴体から続く尾は二股に分かれ、黒くつるりとした肌でオオキボシの光をはね返している。いく筋も溝の走った白っぽい腹が砂に埋まり、あたりにウナクジラの骨が砕け、星みたいに散らかっている。

「こっち見てる」「しっ」「大きな口」「だまれと言うに」「食べるのか？」「イソベリを」「飲みこむのか？」「イソベリを」「逃げよう」「まて」「置いてかないで」「でも動かないぞ」「じっとしている」「そうだな。横たわって、ずーぅずーぅ長く音を立てておるだけじゃ」「なら近づく？」「食われるよ」「怖い」「あんなに大きな魚の腹におさまったら、どうやって島に渡ればいいのか？」「待て待て、あれは口なのか？」「魚なのか？」「そうは見えない」「あんなに大きな魚はいない」

ふいにみんながだまりこむ。ウナの風にあおられ、イソベリみんなの髪が浜のほうへ風に流れる。全員がその大きなものを見つめて言葉を探す。

「ウナクジラ？」とだれかが言った。

「そうなのか？　カリガイ」「わからない。ウェレカセリならきっと知っている」「ウナクジラだ」「わしもそう思うとった。腹の下敷きになっとるのは、ウナクジラの骨じゃぞ」「このアイガネには、そうとしか思えんな」「トンノガネも」「ムジもだ。そう思う」「どうなんだ、カリガイ」「ウェレカセリを呼ぼう。たしかめる」「毎日祈っとったろうカリガイ。そんなこともわからぬのか」「でも、骨よりもうんと大きいね」「子が育ったんじゃないか？」「それで、どうしてこのシオダマリへ？」「母を探して？」「待て待て、なぜ母だとわかる？」「なにしに来たか聞いてみて」「だれが？」

「アイガネ？」「ウェレカセリに聞いたほうがいい」「そもそも話せるのか？」「話しかけてみなければ、それもわからん」「あれは精霊だろ？」「ならばカリガイだ」「荷が重い」「だがカリガイの他にだれがおる？　はたしてあれと口をきいていいかもわからぬ」「たしかに、カリガイはハイタイステルべとも通じ合うからな」「カリガイ」「なあカリガイ」「カリガイ」

父カリガイは突き飛ばされるふうにみんなの真ん中に、押しやられながらきょろきょろ浜を見まわしている。きっとまだ、ウェレカセリを探している。だけど、ウェレカセリはやってこない。この先もずっとエビヌマに深く沈んだまま、なにも話さない。

アマクサを使ってみるかとタアリ婆が申し出て、族長アイガネが許して、アマクサが用意された。木をくりぬいた筒の先に粉々にしたアマクサの葉をつめて火を点《つ》ける。カリガイは筒に口をつけて煙を吸いこんで、むせこむ。吸っては吐いて、吸っては吐いてをくり返した後、頭をゆらゆらさせてオオキボシに向けて煙を吹き上げる。

やがて立ち上がり、ふらふらウナクジラへと歩み寄る。

その鼻先でうずくまると、額を濡れた砂にくっつけてぼそぼそ話しだす。しばらくそうしてから、父親は重たそうに体を起こしてイソベリたちをぐるりと見まわす。目が真っ赤っかだ。

「ウナクジラ」とカリガイが言う。

「これはウナクジラ。もうまちがいない。ウナの、精霊だ。イソベリと同じ、ウナのもの。怖くない。なんできたのかって、聞いてみた。ウナクジラは言ったね。困っていたからだと。このところイソベリは、困っていた。地べたが大きくゆれて困った、ヤマノベがやってきて困った、イヌにシオダマリの魚を取り上げられて困った。ウナクジラは言ったね。手を貸してやると。シオダマリを取り戻せと」

父カリガイはウナクジラのほうを向き、またひざまずいて今度はさっきよりも、背中を小さく丸めこむ。ぼそぼそとなにかつぶやいている。首の後ろのところがふるえだしたのが気がかりで、駆け寄ってのぞきこむと、くくと途切れ途切れに息を吐いて笑っている。汗ばんで顔を赤くし、硬く目を閉じ、こめかみに太く血管が浮く。カリガイは、笑ってしまうのを必死で抑えこむふうにして笑いながら、時々目を開けて鼻先で砂粒のようなカニを突っついては、ああ小さいっこれ小さいっと頭を引っこめて、ちょこまか動いちゃってる、と笑うのをこらえるふうにしてまた笑う。アマクサの煙が、もうすっかりまわってしまったらしい。

族長アイガネがいきなり大声を張り上げる。

「決まりだ！　これはウナクジラ。ウナはイソベリを見捨てたりはしない。

だからほら、こうしてウナクジラをシオダマリに送りこんだ。ここは我々の場所だ。イヌやヤマノベが立ち入ることももうあるまい」

その時ウナクジラが湿った音であえいで、頭のてっぺんからしぶきを上げて、イソベリたちにふりかかる。父カリガイが浜の水たまりに体を投げだす。

「なんてりっぱなウナクジラ。たたえましょうたたえましょう」

立ち上がってすぐ、またウナに飛びこむ。背中から、頭から、くり返し飛びこむ。雲のすきまからオオキボシがのぞいて、ウナがさっと青みを増す。オトのそばをジン叔父がはねるように駆け抜けて、ウナに頭から滑りこんでいく。チマキマも飛びこんで、手も足も体全部で水を引っぱたく。オトもタンチャに引っぱられてウナクジラにむかって走る。みんなで上げる水しぶきは、宙で光をたくわえて、ウナクジラの肌を黒くつややかに濡らす。

イソベリたちがウナに向けいっせいに駆けだす。飛んで波を踏み越え、次の波を踏み潰し、その次の波が腹にぶつかり、また次の波で体がゆれ、イソベリはウナで波と一緒になる。トンノガネがタンチャを肩にのせて、ウナの中へ放り投げる。ムジが甲高くなにか叫ぶ。オトは仰向けに浮かんでオオキボシと向き合い、ウナの中で手足をゆらす。タアリ婆がかけてくれたフカよけの粉は、まだ体のどこかにくっついているだろうか。

フカよけの粉？　どうしてそんなことを考えた？　こんな浅瀬にまで、フカはこない。こないはずだ。高い波で背が持ち上げられ、なだらかにゆれて下りる。

なんでか、怖い。浅瀬に戻りたくなる。もっと沖まで泳いだことだってあったのに。浜から響く、アイガネの土笛とイソベリの女たちが歌う歌に耳をすます。イソベリたちの手のひらが波を叩く音が、どこかくぐもって聞こえる。

オトは浮かぶのをやめ、体を起こす。まだ平気だと思っていたのに、足が届かない。思い切りつま先を伸ばしてみても、そこだけひんやりとしたウナの水にふれるだけ。早く、とオトは思う。戻らなくちゃ。足をばたつかせたのに、浜から引いた波がオトを沖へと戻す。ひんやりとした部分が足裏をなめる。強く握りしめたヤリに貫かれた、イヌの赤くてひらひらの舌？　足首になにかまきつく。タコかウナ草？　もう片方の足のつま先で取り去ろうとしたら、オトの足の先はもっとはっきりと、だれかの腕と指とをたしかめる。

だれ？　まさかレフタイ？　ウェレカセリ？　母ザイガイ？　ナリソコナイ？

べったりぬれた髪を顔にはりつけ浮かび上がってきたのは、ヤキマだ。はあはあ大きく息をしながら、頭をとんとん叩いて耳の水を抜く。

「近頃はどんどん深くまでもぐれるんだ、もうじきえらやひれが生えるぞ」

ヤキマはああと笑った後、不思議そうにオトを見つめ直す。

「どうした、なにをそんなにふるえてる？」オトのホウベタに指先でふれる。

「なにも」

と顔を背けた先、いくつも波を越えた遠い向こうに、島がかくれている。ヤキマもオトと同じに、島のほうを向くと、泳ぎだすふりをしながら、

「このまま島まで行ってみようか」とおどけてみせる。

行け、とオトは思う。

行けるものなら、行ってしまえ。そこで見てしまえ、知ってしまえ。

「なにをそんなに怒るんだ？」

ヤキマはまたオトのホウベタにふれようとして、オトはその手をふり払う。ヤキマは体を伸ばしウナにぷかりと浮かぶ。

「ヤマノベにはえらがない」とヤキマが言う。

「ほら、ヤマノベが男を一人燃やしただろう？　あの時よくよく探してみたけど、鱗もひれもなかった。マダラコにもない。毛皮を脱いでもらって、体のすみずみまで触らせてもらった。なにもない。でも、ひれもえらも鱗もないのは、このイソベリの体

とそっくり同じなんだ」

ヤキマは波に逆らうことなく、くるりと頭の向きをかえてオトを見る。

「マダラコをどう思う？」

聞かれてオトはどうしてか、母ザイガイの指の舌触りを思い出す。

「オオクチ壁の上から来たんだ。あんな高いところで、ヤマノベたちは暮らしていた。ウナクジラもそうだ。あんなに大きなものが、ウナに暮らしている。ウナって不思議だ。どこまでも真っ直ぐ広がり、オオキボシを飲みこんでは吐き出し、また飲みこんでは、また吐きだす。波の形だって、一日中ながめていても、一度だって同じじゃない」

オトの足先に、またなにかふれる。見ると、ウナの少し深いところで、色の濃い影となり、ウナクジラのような大きなものが、のたりのたりとたゆたいながらオトの足の下をくぐっていく。

「大丈夫だよ、オト。なにもいない。オトは、起きたまま夢を見る癖がある」

ヤキマは叱るように言った後、また島を振り返って目を細める。

「マダラコに会うまでは、島に渡ってみたかった。そこになにがあるのか知りたかったんだ。だけどいまは、オオクチ壁に登ってみたい。イソベリよりずっと広い、焼けた集落が見てみたい。マダラコは言うんだ。別の場所に渡れば、ヤマノベはもっといるはずだって。ここよりもずっと広い場所があって、ずっとたくさんのヤマノベがいる。もしかして、イソベリだっているかもしれない。そんなこと、考えられるか？　オト。

ヤキマは行ってみたいし、見てみたい。たしかめたい。

マダラコに聞いたんだ。ヤマノベの言葉で、ここではないどこかへ行く、ということをタビって言うらしい」

オトはウェレカセリの言葉を思い出す。……イソベリは、イクサから逃れ逃れてっ、あの浜にたどりついたっ……イソベリたちは、ここに落ち着いて暮らしていこうって決めたっ。一族の掟にしたっ。よそに行こうなどという気を起こさないようにっ……

ぐい、と力強く肩をつかまれる。

「オト。これはお前だけに話す。約束だ、ヤキマとオトだけのダンマリだ。マダラコの腹には、アカンボがいる。その子が無事に生まれて丈夫に育つまで、二人はこのヤキマがイソベリで守る。その後は、マダラコがオオクチ壁の上に連れて行ってくれるって。そう約束したんだ。このヤキマはタビするぞ。きっとタビする」

「オオクチ壁を、登って？」

「イソギンチャク突っついたような顔するなよオト。降りてこられたのなら、登れるはずだろ？」

ヤキマはもう一度「タビ」とつぶやき、瞳を青々と輝かせた。


息を吸う、吐く。吸う、吐く。

気がついたら気になるのに、気にしなければ勝手に吸い吐きを続けているオトの体。オトはずっとこれをくり返している。いつからかは知らない。きっと母ザイガイに生んでもらった時から。ウナにもぐる時には止まるけど、苦しくってずっとはそうしていられない。

イソベリもみんなそう。息の吸い吐きがやんでしまうと、もう動かないし、喋らない。ヤマノベもそう。血を流して傷口を広げながら、ふぅふぅはぁはぁずっとくり返していた。魚は知らない。つかまえてすぐは口をぱくぱく開けるけど、やがて動かなくなるし、ウナの水の中を泳ぎ続ける。カニも知らない。ぶくぶく泡を吹いている。ウナクジラもそう。ずーぅずーぅと音を鳴らして、あれはきっとイソベリと同じ、息の吸い吐き。

こうしてカリガイ小屋で眠る夜、闇の中で聞いていたのは波の音とか風の音、あとは虫の声。それに入りまじってこの晩は、ずーぅずーぅと眠りそうになるオトの耳にウナクジラの息の吸い吐きが生温く伝わって響く。ずーぅずーぅがふいに途切れると、ついオトは目を覚ましてしまう。まさか止まったかもしれない。そう思ったらがさりと音がして、父カリガイが体を起こしたのだとわかる。

小屋を出て立ちすくむ父カリガイに並んで、オトもシオダマリに顔をむける。ずーぅずーぅはまだ止まってる。あちこちの小屋で、小さな物音がする。見えないけれど、きっとどの小屋でもウナクジラの様子をうかがっているんじゃないかって、そんな気がする。夜空には細い月明かりだけ、闇の濃いのと薄いので、シオダマリにいるウナクジラの背の形が浮かんで見えてくる。やがてまた、ずーぅずーぅと響きはじめて、オトは唾をのむ。

父カリガイが小屋に戻り、寝床にごろんと横になる。オトも寝床に寝転んで手足を伸ばす。ウナクジラのずーぅずーぅを聞きながら、いつの間にか眠ってしまう……かと思ったらずーぅずーぅがまた途切れていることに気がついて目が覚めてしまう。さっきと同じように起き上がって小屋の外に立つカリガイに寄り添って、オトもまた小屋の入り口からウナクジラの形をたしかめる。やっぱり他の小屋でも、ウナクジラの様子をうかがっていて、それが夜の間になんどもくり返されるから、まるでイソベリを試してでもいるかのよう。

その内に小屋の入り口で闇が淡くなり、ウナドリの鳴く声が耳に届く頃には、オオキボシの光が届いてすべてのものの形が、浜辺にぼんやりと白く浮かびはじめる。光が隅々まで届くと、波の音もどこか軽く賑《にぎ》わうようにして聞こえる。

イソベリたちが小屋から出て歩きだす。みんな一様に、シオダマリに向かって歩いて行く。ウナクジラを見に行くのだ。欠伸《あくび》をしたり目をこすったり、片足ずつずりずり引きずって歩くから、きっとオトと同じように、眠ったのか眠らなかったのかはっきりしない夜を過ごしたのかもしれない。

シオダマリに近づくにつれ、浜辺にぽつんと薄土色の毛むくじゃらがいるのが見える。

「イヌだ」

少し先を歩いていたムジが言う。イヌ、イヌだぞ、また来やがった、とあちこちで声がする。

「案ずるな」とタアリ婆が言う。

「ホレ見てみい。シオダマリはウナクジラが守っておるでな。犬はあれ以上近づかんと、ああしてほれ、ものほしそうにシオダマリを見ておるだけだで」

「見ていろ、あのイヌめ。すっかり怯えて。いまにも逃げだすぞ。カリガイは言った。ウナクジラがこのイソベリを守りにきたと」

族長アイガネが足を早める。オトはそっとカリガイを見上げる。カリガイはなにも言わない。ぎゅっと唇を引き締めたまま、血走った目でシオダマリのほうをじっと見ている。イヌはこっちをふり向いて、でもまたすぐにシオダマリへと顔を戻す。はっはと赤い舌を垂らして、近づいていくオトたちのことなど気にもかけない。

デリロリデリロリ、聞こえてくる。耳馴《みみなじ》染みのある、ヤマノベの話し声。ウナクジラの頭にかくれたすぐ向こうから、ばしゃばしゃとシオダマリの浅い水を踏んづけたり、蹴飛ばしたりする音が響く。イヌがこちらを見てボウと吠える。オトたちはイヌから遠ざかりながら、ウナクジラの反対側へとまわりこむ。

ヤマノベが三人、ウナクジラの胸びれの近くで頭を寄せ合っていた。テイボズもいる。オトたちは、その胸びれの先が削《そ》ぎ取られているのを見た。傷口からは、白くとがった骨の先が少し飛び出していて、赤く滴る血を争って、大きく口を開いた犬たちが体をこすりつけ合っている。ヤマノベたちは口の周りを赤くして、大きく顎を動かしている。三人それぞれが、鋭くとがった石を手にしていて、一人がまた少しウナクジラのひれの先を切り、イヌに与える。

「食ってる」とタンチャが言う。「いいのか？　あんなにかじられて」とだれともなしに、ジン叔父が聞く。だれも答えない。答えられない。

　テイボズが手を打ち鳴らすと、イヌたちの顔がいっせいにめくれて、とんがった歯をむき出して唸り、じりじりとこっちに近づいて来る。オトはウナクジラの目を探す。昨日と同じ、くぼみに収まった丸く黒い目。ずーぅずーぅと息の吸い吐きをくり返すだけで、痛いかどうかはわからない。

「どういうことだ、カリガイ。守るんじゃなかったのか、イソベリを」

　族長アイガネが父カリガイの肩をゆさぶる。カリガイはなにも言わない。イヌに吠え立てられて後ずさりながら、ウェレカセリとくり返し小さく唱えている。

「マダラコ、マダラコを呼ぼう」とチマキマが言う。「そうじゃ、マダラコにまた犬を追っ払わせろ」とタアリ婆がムジの背を押して、ヤキマ小屋へと走らせる。

　テイボズ、オトだ、テイボズ、とオトは呼ぶ。呼んでしまう。

　テイボズもオトを見る。でももう、さみしい木の下にいた頃の目つきとちがう。傷もすっかり治ったのか真っ直ぐに立って、顎を動かす度に、唇のはしからウナクジラの血が垂れて滴る。

「デイロルリデリル……レフタイ」

テイボズが言うと、他の二人もこっちを見る。オトを見ている。オトだけを見ている。呼ばれた気がして踏み出した足の、すぐそばでイヌがぐるると唸る。近い近いとトンノガネが後ろからオトを引っぱる。レフタイ、テイボズはレフタイと言った。燃え焦げた年寄り。とうとー、とうとーと泣いてすがったヤマノベたち、それを力ずくで奪い去ったイソベリたち。父カリガイとオトとで、島へと運んだ。父カリガイがどうしてレフタイを島へ運んだのか、いまならわかる。早くかくしたかったんだ。見せっぱなしにしておけなかったんだ。ヤマノベが燃えて、形が崩れ去っていくのを。イソベリとヤマノベはちがうようで、そっくりだから。

力強く水を蹴る音が近づいて、ヤキマが波打ち際を駆けてくる。あとからマダラコも向かってきている。その姿を見て、イヌたちがヤマノベの後ろに引っこんでかくれる。

「テイボズ」とマダラコが言う。

「マダラァコ」とテイボズが言う。

二人は距離を取ったまま、顔を向け合う。テイボズが引きちぎってぶつけるような声で、マダラコを責める。

ひんむいた目の黒いところをふくれあがらせてなにか怒鳴る。激しく喋る、テイボズの両脇にいたヤマノベたちも、指をさしたり、腕をふりまわすふうにしながらマダラコに声をぶつける。勢いこんで一人が泣きだす。もう一人がマダラコに向け、べっと唾を吐きつける。ヤキマがいまにも飛び出しそうに身をのり出したけど、じれったそうにその場で踏ん張ってヤマノベたちの様子をうかがう。

　マダラコは言い返さない。犬をしとめた時のあの道具も、手にしていない。小声でデロリロささやきながら、両腕を軽く広げテイボズを見すえながら、じりじりと近づいていく。

　テイボズが一歩踏みだす。

「チャロ、マダラコ、チャロ」とつぶやくと、他の二人もチャロ、チャロと騒ぐ。マダラコは首をふって毛皮を脱ぎ捨てる。ウナクジラの黒い頭の手前で、むき出しの白い背が浮いて見える。マダラコはさらに高く手を上げながら、また一歩テイボズに歩み寄る。

「ギョッ」と声を力ませて、テイボズが腕をふり下ろす。

「ディッ」と甲高く叫び、マダラコがうずくまる。耳を押さえた腕を赤いすじが滑り落ちて、マダラコの膝にしたたる。

「石だ、ぶっつけやがった」ヤキマが木やりを手にする。

「よせ」とマダラコが鋭く言った。

ヤキマは悔しそうに地べたを踏みつけ、ぎりぎりと歯を鳴らす。マダラコがヤキマを大人しくさせたと、ヤマノベにも伝わったらしい。テイボズは石を握りふりかぶっていた手を下ろし、デリデロ喋るのをやめてだまった。

マダラコは砂の上を這うようにしてヤマノベににじり寄ると、地べたに頭をこすりつけて喋りだした。ヤマノベの言葉。まるでわからない。どくどくと耳から流れ出る、マダラコの赤い血。一度もぬぐわずに、マダラコは喋り続ける。テイボズはマダラコを見下ろして、顎髭をなでて、短く返事をするだけだ。マダラコの血がホウベタから顎をつたって砂にしたたり落ちる。

テイボズが「んっんっ」と喉を鳴らした後、野太い声でマダラコになにか言い、くるりと背を向けて歩きだす。その背をかくすようにして、二人のヤマノベが後を追う。イヌたちも時々こちらを振り返りながら、小走りについていく。

みんなが遠のき、石の原の丘を越えていく。オトは追いかけて丘に登った。ヤマノべたちが川を渡り、その姿がアマクモの森の茂みにすっかりかくれてしまうまで、テイボズは一度も振り返らなかった。

でろりでろでろじゃわからない。
かわりにヤキマが教えてくれる。
黒い目ぐるぐる狙ってる。じきにヤマノベやってくる。
指折り数えてあと十回、オオキボシが呑まれたら。ウナクジラ食べにやってくる。
指折り数えて備えなさい。
でろりでろでろマダラコ言った。でもでろでろじゃわからない。
かわりにヤキマが教えてくれる。
黒い目ぐるぐる狙ってる。じきにヤマノベやってくる。
ヤマノベたちが食べるって、イソベリ根こそぎ食べるって。
指折り数えてあと十回、オオキボシが呑まれたら。イソベリ食べにやってくる。
指折り数えて備えなさい。
でろりでろでろマダラコ言った。でもでろでろじゃわからない。
かわりにヤキマが教えてくれる。
黒い目ぐるぐる狙ってる。じきにヤマノベやってくる。
竹、麻、羽を集めなさい。ぶんどるその手を潰しなさい。

指折り数えてあと十回、オオキボシが呑まれたら。ヤマノベ残らずとっちめる。
指折り数えて備えなさい。

イソベリのみんなが歌う。ウナクジラの言葉を聞きたがっている。わからない、ウェレカセリに聞くしかない、そうカリガイが断っても、くり返しやってきては、イソベリたちはウナクジラの声を聞こうとする。

「わかったか？ カリガイ。ウナクジラはなんと言っている？」

族長アイガネがカリガイ小屋に聞きに来る。たまりかねてカリガイはシャコガイの面で顔をかくす。アイガネは慌てて口をふさいで小屋を出て行く。

「ウナクジラは、イソベリを守ると言っただろう？ ヤキマの話じゃあべこべだ」

今度はジン叔父が戸口のむしろをくぐり、ハイタイステルベを見て口をつぐむ。不満そうな顔で、小屋のすみっこにしゃがみこむ。カリガイに戻るのを待つつもりらしい。少しして、タアリ婆が入ってくる。ハイタイステルベにちらっと目をやった後、オトを見て、ジン叔父を見て、それから壁のほうを向いて腰を下ろし、カリガイに吸わせるために持ってきたアマクサの葉を細かく刻みはじめる。

オオキボシが沈んでだれもいなくなると、カリガイが小屋を出ていく。裏のアジサイの茂みに体を押しこむ。いつからそんなものがあったのか、小さな穴が掘ってある。そこへおおいかぶさり、黒いかたまりを吐く。

　オトはその背をなでてやる。ウェレカセリのつもりでなでてやる。黒いかたまりがじわじわと砂の中に吸いこまれていく。父カリガイは目に涙を浮かべて言う。

「ウェレカセリ、どこにいる。岩屋にもいない、浜辺でも見ない。ウナクジラが来たこと、知っているのか。どうかこのカリガイのそばにきてほしい。どうすればいいのか、カリガイに教えてほしい。それとももう、このカリガイを見捨てたのか……いや、きっとウェレカセリはなんにも知らないんだろう。知ってたら、ウェレカセリは来てくれるはずだ。ウェレカセリはなんでも知っている。なんでもカリガイに教えてくれる」

　カリガイはなんども力強くうなずいた後、胸を両手で押さえ、うぽっと呻いてだばだば穴に吐く。さっきよりもたくさんだ。黒いかたまりはいよいよあふれだして、地べたに膝をついていたオトの肌を生温く濡らした。

　夜になる。カリガイがやっと深く眠り、オトは一人で小屋を出る。

波が騒がしいせいで、ウナクジラの息の吸い吐きがイソベリの集落までは届かない。

シオダマリへ向かうと、ウナクジラは大きな影となってシオダマリに横たわっている。

ずーぅずーぅがまた途切れている。こうして息の吸い吐きが止まる度、オトは思う。このまま動かなくなったらどうしようって、オトは思う。きっと、イソベリのみんなもそう思っている。怖くて、口に出せないだけ。

怖い？　なにが？

自分たちを守るためにきたはずのウナクジラも、虫や魚と同じように、ただ動かなくなるだけだってことが。動かなくなったら、どうするのだろう。こんなに大きなウナクジラ、まさかサヤ舟で島へ運ぶわけにもいかない。だとしたらこのシオダマリで、ただ形を失《な》くしていくだけのその姿と、イソベリたちは向き合うことになる。オトはもっとウナクジラのそばに寄り、ウナクジラの目を探す。ウナの底やフカの群れ、ウナノハテノガタだって見てきたかもしれない目。肌にふれてそっとなでてみる。オトの手が届く広さなんて、ウナクジラの体に比べたらほんの少し。ウナクジラをなでる手のひらに、岩屋の壁の手触りを思い出す。

教えてほしいウナクジラ。これからなにが起こるのか。だれがなにをどう救ってくれる？

こっちに近づいてくる足音が聞こえる。もう大分近い。イヌ？　と思って振り返る。

足音は、たぶん一匹。ゆっくりと近づいてくる。二本脚で歩く毛むくじゃらで、マダラコだ。マダラコの顔は陰になってまだ遠く離れていたけれど、見られているのがわかる。

オトもそのまま、マダラコを見返す。

「なにをしている？　オトガイ」

マダラコは？と聞き返す。マダラコは首をかしげる。オトがなにを聞いたかぐらい、わかっているはずなのに。

マダラコの肩がゆれて、細切れになった風みたいな音が聞こえる。マダラコが首の両側に垂れ下がっていた髪を片方にまとめる。その仕草はイソベリの女たちもやる。月夜の薄闇が、マダラコの形を影にしていて、こうして見ると、イソベリとなにもかわらない。ここにきてすぐのころは、もっとちがって見えたのに。

オトはダンマリしている。イソベリにもヤキマにも、父カリガイにもダンマリしている。

サヤ舟で島に渡ったって、みんな治らずに形を崩していくだけだってことも。大きな舟のことも。イソベリ魚なんていないってことも。ウナノハテノガタのことも。イソベリ浜にたどりついた祖先の掟も。壁画のことも。ウェレカセリがエビヌマに沈んでいることも。ここではないどこかがあって、ヤキマがそこをタビすることも……。

「聞いたかマダラコ。いま話した全部だ。全部ダンマリ。オトばっかり、なにもかもダンマリだ。話せない。だれにも話せないんだマダラコ」

オトは泣きながら腰袋をひっくり返す。母ザイガイの指を手のひらに受け止めると、口に放りこんで思い切りしゃぶる。うずくまって体全体でしゃぶる。喉の奥まで入れすぎて、飛び出た汁で手が濡れる。黒いかたまりかもしれない。わからない。汗と涙と涎《よだれ》と鼻水とで、オトの顔はもう濡れっ放しだったから。

「オトガイ、それデロリ、イケニエ」

マダラコはオトのそばに腰を下ろすと、丸まった背にそっと手をあてなでてくれる。ゆっくりと深く息を吐いた後、マダラコはオトの背を自分でおおうふうにして、体をのせた。

「ンラダ、オトガイ。イケニエ。マダラコと同じロリ」

七章　テイボズ

オオキボシが昇ると、イソベリが広場に集まってくる。マダラコの言いつけどおりに、「弓矢」を作るために。イソベリの女たちは麻をきつくきつくよじり、男たちは束ねた竹を三人がかりでしならせて女たちが作った麻縄を張る。「弓」だ。

マダラコに「ヤキマ、オトガイ、タンチャは矢」と言われ、作り方を教えられる。竹を細くまっすぐに削って尾っぽにウナドリの羽を、頭に薄くとがらせた黒い石を縛りつける。「矢」だ。それを作り続ける。イヌとヤマノベがシオダマリを荒らさないためには、これがいる。これで追いはらうとマダラコは言う。

黒い石は叩くと簡単に割れる。薄く、鋭く、はがれるように割れる。時々カリガイがウェレカセリに譲ってもらっていた。この石もカリガイが蓄えていたうちの一つだ。この鋭さ。肉の上で滑らせると、簡単に切り刻むことができる。オトガイは拾った魚を切り分けるためにしか使ったことがない。きっとみんなもそう。

マダラコが放った矢は、あんなに遠くのブチイヌの腰に刺さった。次はヤマノベだ。石をオオキボシにかざす。光をいっさい受けつけないこの黒い小石が、ヤマノベの肌を突き破る。血が流れる。動けなくなったヤマノベを取り囲み、ヤリで突く。腕に伝わったブチイヌのふるえ、あれは忘れようがない。腕の中であぶくが暴れだし、なんどもなんども強くこする。あの時は、刺すつもりがなかった。やれるのか？　突けるのか？　黒い目でオトを見上げるヤマノベを。

マダラコは広場をあっちこっち歩きまわる。気に入らないのを見つけるとすぐに取り上げる。「これは駄目」せっかく出来上がった矢を折ってしまう。オオキボシがてっぺんを越えると、マダラコは一度イソベリを集める。弓を持ち上げて「これはよし」、もう片っぽの手に折られなかった矢を一本持って「これもよし」と言う。

麻縄に矢をつがえて、ぐいっと弓を傾け、しならせながら、引っぱっていく。息を止める。指を開く。矢が見えなくなる。

「あそこだ、刺さってる」

族長アイガネの小屋の柱に矢が突き立っているのを見てイソベリがどよめく。マダラコがまた飛ばす。今度はどっちに飛ぶかわかっている。だけど速すぎてウナドリの羽だけが飛んでるよう。矢はまっすぐ飛んで土の山に突き刺さる。

それからはイソベリみんなで矢だけを作る。作って作って、そこからまたマダラコが「よし」だけ選んでいるうちにオオキボシがウナに吞まれはじめる。傷の薬を持って父カリガイとウナクジラに礼をしに行くと、見張り当番のジン叔父がにおいが気になると言う。

「カリガイ、オトガイ、気にならないか、ほらなんかにおうだろう」

におう。ウナクジラの周りがとくに強くにおう。あっと思ってカリガイを見る。父カリガイはこっちを見ない。顔を背けたまま鼻をすんすんさせて、「なんだろう。イヌの血でけがれたからかな」とそっけない。

ごまかしている。あの舟のにおいだ。泥団子になった母ザイガイのにおい。カリガイがまただましている。このにおいをだれよりよく知っているのに。それを嗅いでいるここは島ではなく、シオダマリだ。胸の中で、重たい魚がどるんどるんはね踊る。赤黒い空に蓋《ふた》をされた浜を見渡す。薄暗くて遠くまでは見えない。動けなくなったらお終《しま》いなんだ。髪がゆれる。風、風に運ばれたか。

「ジン、イヌは来るか」

「マダラコとテイボズ、毛むくじゃら同士で約束したっていうじゃないか」

杖がわりにしていた木やりをぽんと叩く。

「それともこいつでぶっ刺されるのがよっぽど怖いのか、イヌもさっぱり来ないしよ、だからにおいがどこから来るのかずうっと考えてたんだけどな」

ジン叔父が顎をしゃくる。「こっちだこっち」はねるようにしてウナクジラの向こうのウナ側にまわりこむ。

「これじゃないかあ、カリガイ。よおく見てみろ、前びれのつけ根。悪くなってるだろほら」

イヌとヤマノベにかじられた傷口の周りの皮が、糸くずみたいにふにゃふにゃになって中の肉が溶け出している。その奥にのぞく白っぽいの、骨だろうか。すごく深い。

「これだろうカリガイ。お前の親父の鼻、頼りになんねえな。なあオトガイ」

そうだな、カリガイがおどけて寄り目にしたまま、ジン叔父の前で頭をゆらゆらさせて、鼻をつまんでみせる。

「ならジンよ、お前の鼻と取り替えてくれ」

「お前なあ」

ジン叔父に乱暴にホウベタを押し返されて、こっちに顔が向く。寄り目の、白いところが血走っている。ゆがめられたメカシと唇の奥で、きつく食いしばった歯のすきまから、黒いかたまりがもれ出ている。聞き取りようのない、あぶくが弾けるような小さな声。いますぐここで背中をさすってやりたい。涙をジン叔父に気づかれないように、ウナクジラの傷に顔を近づける。

「カリガイ。洗っちゃおう」

ひょうたんの真水を、前びれのつけ根にかける。

ぎょぎょぎょろろおおん。

ふるえが耳から背中に下りて、尻毛がそよぐ。ウナクジラが悲鳴を上げている。カリガイは腰を屈めて、なにかに押し潰されたように肩に顎を沈めて、ぎゅっとマナフタを閉じている。悲鳴が終わるとジン叔父はふさいでいた手を耳からはずす。

「ほらまた泣いてるじゃないか。カリガイお前、そんなふざけてないでちゃんとウナクジラのこと見てやらないと駄目だぞ。たまたま俺が見つけたからいいようなものだけどな、他にいないんだから」

父カリガイはああと笑い、思ったより、とつぶやく。

「思ったより治りが遅い。薬を替えてみようと考えてたところだ。ウナクジラのことはな、ちゃんと見てるぞジン」

本当はちがう。父カリガイはしばらく小屋から出なかった。アマクサを吸ってはウェレカセリの話をして眠る、そのくり返しだ。

「それにしてもこの、ウナクジラ。イソベリが困ってるからってせっかく来てくれたってのに、これじゃあな。夜に泣かれると目がさめちまうんだよ。ああ腹が減ったなあ。なにか食うものないか」

ないとオトが返すと、ジン叔父はぶつぶつ言いながら離れていく。

父カリガイも前びれをウナの水で洗い流す。血は出ない。きれいになった傷をじっくり見て、腰袋から取り出したこすりシブキを塗りたくって血止めのガマの穂でふさぐ。オトはふさいだ傷に手をのせて、ガマが傷の上で落ち着くまで、ウナのしぶきから守る。浜をぶらついているジン叔父に聞こえないように小さな声で、「見てよカリガイ、ほかにも細かい傷がたくさんあるよ」と言うと肩を強くつかまれる。

「どこだオトガイ？」

どこと一度に言うのはとても難しい。それくらいたくさん、あちこち、すぐ目の前にもあるのに、どうして気づかない。

「目立たないけれどね、よく見るとわかるんだ、これとか」

引っかき傷だ。クリの皮みたいな色で小さいくせに周りがぷっくり腫れている。洗うとこれも血が出なくて、黄緑がかった臭いものが流れ出てくる。ふさがりそうにない。

傷を見た父カリガイは「そうだな、傷だな」とつぶやいてこすりシブキを塗る。ほかの小さな傷も、小さいのに深くて血のかわりに汚いものが湧いている。「ここは？」「そうだな」一つ一つ教えないとカリガイは薬を塗ろうとしない。「ここも」「ああ」だけどなんとなくわかってくる。オトもそうだから。もう見たくないのだ。傷を教えてもカリガイはなにも話さなくなる。

父カリガイは集落に戻ってもすぐ小屋に入らず、小走りになって裏のアジサイの茂みに向かう。まただ。穴に顔を突っこんで、苦しそうに息を荒らげくり返しえずく。黒いかたまりが父カリガイを蝕《むしば》んでいく。背中をさすり続けているうちに、しゃがんだ父親の膝の間にずるりと黒いかたまりが落っこちる。

「ウェレカセリみたいにできなくてごめん」

ゆっくり立ち上がると、カリガイはだるそうに穴に砂を蹴りかける。黒いかたまりは砂にまみれただけで、穴の中でまだふるえている。念入りに、かたまりが見えなくなるまで砂をかけて小屋に入ると、父カリガイはすみっこに背中を押しつけてアマクサを吸いはじめている。ゆったりと煙を吐き出し、引きつったマナフタの下からじっとこっちを見てる。

「あんな大きなのを島に運ぶなんて、ちょっとできないからなあ」

押し殺した声で笑う。答え方がわからない。ウナクジラはもう動けない。父カリガイの言うとおりだ。ウナクジラは大きすぎる。イソベリなら、とっくに島に連れて行っただろう。

ほったらかしか？

イソベリを守るために来たウナクジラが、形を失くしていく。それもシオダマリで。虫や魚や、ザイガイのような泥団子にかわっていくウナクジラを、イソベリからかくしとおすことなんて、できっこない。

「なにをしに来たんだ、あれは」

「それはカリガイ、イソベリが、困っていたから」

勢い良く吐き出されたアマクサの煙が父カリガイをかくしてしまう。

「オトガイよ、ウナノハテノガタはあるよ。必ずある」

煙が散る。父カリガイは閉じたマナフタに涙をにじませたまま眠っている。

またオオキボシが呑まれ、生まれる。

マダラコが広場に作らせた土の山を、弓矢で狙う。やりはじめたらやっぱりヤキマが一番よく土山に当てた。けど、オオキボシがてっぺんをまわってしばらくするとタンチャが一番になった。めったにはずさないし、二十歩も離れたところから当ててマダラコを唸らせる。

「オトガイだけ、どうしてぜんぜん当たらないんだ」

　タンチャやヤキマは本当にわからないと不思議がる。オトにもわからない。みんなと同じように足を開いて、みんなと同じように弓を引いている。そばで見ていたマダラコが「目」と言う。デロリロリと続けながらマナフタに指を押しつけてくる。

「なんだオト、弓を射ちながら目を閉じているのか」

　ヤキマがあきれたように言う。気づかなかったけど、そうかもしれない。目を閉じないように気にしながら矢を放つと、今度は土山の根元に矢が刺さった。マダラコがデルデロ言いながら土山に歩いていき、矢を集めてまた戻ってくる。足を開いてもう一度矢をかまえる。ああ駄目だ、と思う。腕の中であぶくがこんなに暴れて、次はきっと当たらない。マダラコが描いたのだろう、土山に目と鼻と口、顔ができている。それで気づく。矢がびっしり刺さった土山、よく見ると背丈がテイボズとおんなじだ。

「オトガイ、目」

　マナフタを開ける。でもすぐに閉じてしまう。マダラコがデリレロ怒鳴りながら腕をつかむ。ぐいぐい引っぱられる。

「オトガイ、もっと近く」

手を引かれるまま、土山から五歩のところまで近づく。

「刺されば、よしだ」

これなら外しようがない。マナフタに力をこめて目を見開く。弓矢の先の黒い石がちろりと光る。これが刺さるとどうなる。肉の奥へ、奥へ、骨に当たる。骨をがりりと削る。骨を削られるのはどんな感じだろう。痛みはどれほどだろう。マダラコが土山に描いた眉のない顔とはちがう。顔をひん曲げて涙を流して血が出て、あんなテイボズみたいな大きな男でも「ぎゃ」と叫ぶのか。マダラコに射られたイヌは矢が刺さったまま動いていた。こっちに向かってくるかもしれない。土山まで、たったの五歩。次の矢だ。タンチャみたいにまっすぐ飛ばせない。痛みで真っ赤に燃えたテイボズが、あふれる血を引きずりながら、どこまでもオトを追いかけ、ついにはきつく抱いて呪いの言葉を吐くだろう。体中嚙み千切るだろう。そうなる前にもっともっと矢を飛ばさないといけない。どれくらいの矢がいるだろう。島にいる母ザイガイはもう痛くない、ウェレカセリはそう言った。テイボズの痛みが消えるまで、矢を放つしかない。できるのか、そんなこと。

「オトガイッ」

ぽそっという小さな音をたてて土山に矢が突き立つ。

次の朝、タンチャとヤキマがマダラコに呼ばれる。

「葦の原。動くもの。なんでもいい、狙え」

それから少しして、ジン叔父も土山をはずさなくなってはしゃいだ声を上げる。

「この弓矢はおもしろい、いいものだ、なあオトガイ」

葦の原に行っていいと言われてはねるように駆けていくジン叔父を見送っていると雲が朱に染まり、またオオキボシが呑まれはじめている。ヤキマとタンチャとジン叔父が矢が刺さったままのウナドリを手にぶら下げて戻ってくる。取れた取れたと言う声は大きくて、はしゃいでいて歌みたい。タンチャが大きく羽を広げたウナドリを土山にのっけると、弓の腕を競いはじめる。土山とウナドリに何本も何本も矢が刺さっていく。

「明日はヤマノベのいる石の原だ。オトガイもおいでよ」

「タンチャ駄目。葦の原」マダラコの声は鋭い。マダラコを見るタンチャはホウベタをこわばらせている。ヤキマやジン叔父もだ。腕を大きくふり上げながら、ヤマノベに弓矢を見られるなと言い聞かせるマダラコの格好が、どこか族長アイガネに似ている。

みんなは朝から晩まで矢を飛ばす。葦の原にいるカエルも鳥もウサギも、見つけたものはまず弓矢で狙う。食べきれないぶんは葦の原の細い川に捨てて、ついでにそこで見つけたナマズをタアリ婆がしとめて、そのまま放っておく。

「ヤマノベもここに捨ててやろうよ」

タンチャが言うと族長アイガネまでそれがいいと言う。ヤキマがタンチャの肩に腕をまわして「いやいやタンチャそれはいけない」と低い作り声を出す。カリガイの声を真似ている。

「やっぱり島じゃなきゃ駄目だよな、オトガイ。あの燃えた年寄りだってそうしたんだから」

「それは、カリガイが決める」

島の事をしつこく聞いてくるかと思ったら、ヤキマはあっさり「それもそうか」と言い捨てて、矢をつがえながら小走りに茂みをまわりこんでいく。獲物を探して射るのが楽しくてしょうがないという感じだ。

「逃げられると思うなよ」

さっきしとめたウサギを蹴っ飛ばし、タンチャがくるりと身をよじる。弓をかまえて、矢の先をこっちに向けている。

「やめてっ」

タンチャの目の青が、さっと濃くなる。歯のとがったところを見せてあああと笑いだす。

「本当に飛ばすわけないだろオトガイ、なにそんなに怖がって」

胸の中からぐっと喉を押さえつけられたように苦しくなって、二度とやるなと言いたいのに口だけ開いて声が出ない。飛ばすつもりがなくたって汗で指の間から矢が滑ったら飛ぶし、笑ったひょうしに飛ぶことだってある。茂みの向こうからムジの「あぁネズミっ」という声が聞こえてタンチャは走りだす。

面倒見のよすぎるウェレカセリとシオダマリにたっぷり甘やかされたイソベリも、弓を持つとかわった。夢中でネズミを追いまわす。殺した数を競い合う。強くなった自分たちが、嬉しくてしょうがないように見える。

大切なのはためらわないことだ。島とやらに甘やかされたイソベリには、取り返しのつかないものなんてない。死を知らないイソベリは殺すことがどんなことかも、きっと知らない。考えもしないだろう。それがよい。

あの島で、傷はいいえ、魚になり、かわらず暮らせるとヤキマは言う。呪い師カリガイと息子オトガイが吹きこむでたらめを信じこんでいる。

かわいいかわいいイソベリの子。
指さえ動かず声なくし、息の吸い吐きしなくなったらば、
そろそろ島へ行く頃合い。
そこはすぐそこよいところ。
たった一人のハイタイステルベが、たった一つのサヤ舟で、
たった一つの島へと連れていく。
かわいいかわいいイソベリの子。
波越え島へとたどりつき、ウナの風に吹かれたらば、もう痛くない苦しくない。
どこもかしこも元どおり。
かわいいかわいいイソベリの子。
指までつるりとウロコ生え、星よりまばゆいイソベリ魚になったらば、
泳ぎ漁り思うまま。
尾ヒレの向くまま気の向くまま。
イソベリに一人のハイタイステルベが、イソベリに一つのサヤ舟にのせ、

イソベリに一つの島へと連れていく。

笑わせる。

あの親子はレフタイみたいなものだ。野鼠《のねずみ》しか取れない日が続いたから、妙な病にかかったから、雨が降らないから、降りすぎるから、主の木をなだめるためにだれかを燃やす。でたらめだ。私が生きながらえているのが、なによりのあかしだ。森の霊の言いなりのテイボズ。かならず私はあんたが殺そうとしたこの子を生むよ。

族長アイガネが小屋の戸口で「ウナクジラなんだがね、カリガイ」と話しだす。
「ヒレがもげてウナに落っこちてるし、あっちこっち腫れあがっちゃって。守ってくれるはずだろう。ウナから来た精霊なんだろう。どうしたことだ」

父カリガイは落ち窪《くぼ》んだ目でアイガネを見る。すっかり肉の落ちたカリガイの顔を見るアイガネの目が、魚みたいに丸くなる。
「と、みんなが心配してるぞカリガイ」

父カリガイとあるだけの薬を持ってシオダマリに行くと、ウナクジラの前にイソベリが集まっている。カリガイに気づいたたくさんの目がカリガイを責める。だまりこくったイソベリたちの間を縫うようにして歩いて、カリガイと一緒にウナクジラの鼻先に膝をついて歌う。イソベリたちも歌いだす。

歌が終わるとまたシオダマリが静かになる。族長アイガネを見る。その目はどうするんだと言っている。白い眉に半分かくれたアイガネの目は、いつもこうだ。アイガネだけじゃない。イソベリはみんなこう。父カリガイがなにをした。

古い薬をウナの水で洗い流しても、もうウナクジラは叫ばない。目が乾いていてその周りにブンブンがたかっている。洗った傷にこすりシブキを塗りガマの穂でふさぐと、父カリガイがアマクサを吸う。ウナクジラの目をじっと見上げたまま腰を上げて、ぐずぐずにむくれた傷から汁を垂らした鼻先に額を寄せる。カリガイがちょっとオトガイを見る。落ち窪んだ目の中で、青灰色の瞳がふるえている。勢いよくふり向いて大声を出す。

「ウナクジラは、ここで動かなくなるつもりだ。だからといってなにを怖がることがあろう」

父カリガイは顎に筋を浮かせて集まったイソベリたちを見渡す。砂に踵《かかと》をめりこませ、声を張り上げる。

「前のウナクジラとかわりはない。イソベリを見守っている。こうして見守ってくださっている」

ずるりと前ビレが落ちる。父カリガイが目をむいて口を閉ざす。落っこちた前ビレが波に洗われているのを見ている。叔母チマキマがああっと声を上げる。族長アイガネの白い眉がぎゅっと寄せられる。でも膝をついたまま、イソベリのだれも立ち上がろうとしない。

アマクモの森の上に、べったりと黒い雲が張りついていて、それはナメクジが這うようにちょっとずつちょっとずつ分厚く広がって、ごおごおおおと空の上で大きくて硬いものがぶつかりあう音が響く。

父カリガイが取れてしまった前ビレを抱き「ありがとうウナクジラ」と叫ぶ。持ち上げようと体をそらして、重たくて持ち上がらずにまた下ろし、ウナの果てに顔を向けて立ちつくす。

「見守っている。形はかわろうとも」

雨が一粒、すっと落ちてきて、つぎにはもうそればっかりしか見えないくらいになって、ざあっと地べたではじけて煙を立てる。ウナを叩く雨は柱になるし、それを伝って踊り狂いながらウナの上につっ立った魚の群れは、もう落ちているのか登っていくのかわからなくなる。イソベリたちはウナクジラの胸びれや腹の下で身を寄せ合っている。見えているものはほとんど影にしか見えない。ばたばたと足を踏み鳴らすような音ばかりでなにも聞こえない。

だれかが飛び出していった。大きな胸をゆらすから女だ。女はそこで手足をくねらせて暴れまわり、もう一人の人影が組みついて二人は地べたに倒れこむ。いつの間にかもう一人、二人の狭いすきまに体を押しこもうとしていて、骨の浮いた背中が、まだ歌い続けている女の顔のあたりをおおいかくす。ちがうところでも女が踊りだして浅瀬ではねうつ魚みたいに水をはじいて歌う。おおいかぶさろうとするだれかの影を何度かかわした後、また別のだれかが髪をつかまえてふりまわしたから女は悲鳴を上げる。

空が光って、こわいよとだれかが笑う。振り返ると周りにいたイソベリがいない。また浜を見る。雨にけむる浜を走っていくヤキマとマダラコの背中が見える。はじめの三人は地べたでからみあってもぞもぞ動いていて、となりで大きくなりそうなかたまりともつれあって、一つになって、お互いがお互いを食いあうふうに。首にだれかの足がからまる。顔がぎゅっと締めつけられる。引きはがそうともがいていたら、尻にきつく爪が食い込んで、高く持ち上げられたと思うと、たくさんの手に引きずりこまれてもうよくわからない。だれかの肉が熱かったり息を吐きかけられたりするところに、雨が冷たくしてくれるのが気持ちよくてたまらなくて、つぎにまだあたたかい肉に触ったり、体をこすりつけたり、ぶたれたり、嚙みつかれたりするのが気持ちよくてたまらなくなる。

イヌこわい。ヤマノベこわい。こわいこわいと女の声が笑う。空が光った時にひときわ白く浮かび上がる女がマダラコのような気がして、たしかめようと近づいたら、だれかの泥まみれの指に尻の割れ目をなぞられて体がひとりでに笑って地べたを転がる。女の大きくてやわらかい尻が顔にのっかってゆれていて、ぎりぎりに吸い吐きができるだけで動けなくなる。なにが見えているのかいないのか、聞こえているのかいないのかがわからなくなる。ただ雨にうたれて冷えていく背中と尻と、びったんびったんのぬるぬる濡れるあたたかい腹とに挟まれて眠くなる。

戸口のむしろが少し傾いて、すきまからマダラコがのぞいている。「いよいよ、オトガイ」と言う。つぎにオオキボシが生まれたら、いよいよだ。

「聞いてマダラコ。ウナクジラはもう体中の傷が腐りはじめてるよ」

「よし」

鼻を鳴らすだけ。いや、こもった笑い声だ。なにがおかしいのか、光の中で薄い影になった口の形はたしかに笑っている。

「それでもヤマノベは、あれを食べようとする？」

「オトガイ、くさいはよし。イヌの鼻、ごまかす」

「そうじゃなくて」

「なにもしない、取られる、なにもかも」

　アカンボに言い聞かせるように、ゆっくりと言う。後戻りをするなんて考えは、マダラコにない。それはもうはっきりと決まっている。

「シオダマリ、弓矢、忘れるな」

　マダラコの顔が引っこむと、小屋の中がまた暗くなる。眠れない。眠れないまま長いあいだ、父カリガイの呻き声みたいないびきを聞き続ける。いびきが遠のいてやっと眠れるかと思ったら、オオキボシが上る前にヤキマが呼びに来る。

　波打ち際に横たわるウナクジラの陰にかくれて膝まで水に浸かり、タンチャ、ヤキマ、トンノガネ、ジン叔父、ムジ、ムジの弟のダツナミ、ダツナミの弟のアマビエ、アマビエの弟のザッパ、叔母チマキマ、タアリ婆と身を寄せ合う。タアリ婆はすぐとなりでずっと冷たい冷たいとくり返している。タアリ婆がそんなに言うのだから冷たいのだろうけど、よくわからない。足のうらと水の底の砂との境目がぼやけて、頭がぽっぽしてる。矢を数える。十三本。さっき数えた時も十三本。テイボズが、イヌが、ヤマノベが動かなくなるまでこの矢を放つ。足りるのか。きっと足りない。

「じきにヤマノベが来る」

　ヤキマが話している。

「マダラコがテイボズを怒らせる。マダラコは言ったよ。ヤマノベたちはそういう時、相手をぐるっと囲むって。浜にいるかくれてないイソベリは、みんなマダラコとひとかたまりになってウナクジラの腹にもたれて座ってる。それをヤマノベが囲む」

　なんでかさっきから指の腹に矢の先を押し当てている。ちょっと痛くて、そうしている間だけふわふわした感じが消える。とがった黒い石。ヤマノベの肌を突き抜ける。とがったイヌの歯。イソベリの肌を突き抜ける。どっちが硬い？　鋭い？

「マダラコの合図でウナクジラの頭側と尻尾側の二手に分かれて浜に出て行く。合図はイソベリだ。マダラコがイソベリと叫んだら頭側と尻尾側、いいか、そっとだよ。マダラコとイソベリを囲むヤマノベをまたイソベリで囲むんだ。ヤマノベはこっちに背中を向けてる。近づいて、よく狙って、あとは矢を放つだけ」

　強く押し当てすぎた。親指の腹の上でぷっくり丸まった血がふるえている。赤い、ああ、もう空が明るい。ヤマノベがくる。きっとやり返してくる。

ヤキマが肩を組んでくる。

「怖がりかオトガイ。背中を射つだけだよ」

ヤキマの腕がぎゅっと硬くなって力まかせに引き寄せられる。ホウベタとホウベタをごりごりこすりながら、一緒に沖を見ている。

「大丈夫だオトガイ。まあ、もし怪我したら」

近い。すっかりもやが晴れたウナの上で、島がすごく近く見える。びっしり島をおおう白い粒々が見える。うごめいているのがウナドリ、じっとしてるのが丸い石ころ。島の向こう側にはイソベリの骨。まぶしそうに細めた目がこっちを向く。

「あそこに」

ちがう。ちがうんだよ。

「あの島はヤキマ」

口をふさがれる。ウナクジラの向こう側、浜でぼそぼそ話し声がする。ヤキマと声のする方をじっと見つめる。小さくてよく聞こえない。黒く光るウナクジラの向こうで話しているのは誰だろう。マダラコ？　アイガネ？　それとも、もうヤマノベが来たのか？　空がどんどん青みを増していく。かくれるのにこれじゃあ明るすぎだ。

「ベンベリベロ、マダラコ」

ああぁ。

「バロベロバロ」

来た。しゃがれているのによくとおる。テイボズの声だ。一人で来たのか？　大勢で来たのか？　ウナクジラの向こう側で、マダラコがぼそぼそ言う。合図か？　ヤキマを見る。口に手のひらを当てたまま、じっと動かない。こんな小さい声じゃ、わからない。

「ベロブロベンベ」

テイボズの声が怒鳴る。

「バロベ、マダラコッ、バックラッゾコラ」

ヤマノベが笑ってる。声が多い。マダラコがぼそぼそなにか言って叫ぶ。ヤキマとトンノガネとムジが飛び出していく。言ったのか？　いまイソベリって言ったのか？

ヤキマの後を追いかける。矢が飛ぶ。飛んでいる。なんでかよく見える。たくさんの矢がいっぺんに、背中を向けたヤマノベに降っている。男も女も年寄りもイヌも、音もなく、やけにゆっくりと体をねじり、倒れていく。崩れ落ちるすきまから族長アイガネが見える。エビ腰の年寄りからアカンボまで、ひとかたまりに身を寄せ合ったイソベリがウナクジラを背負っている。のけぞったヤマノベがこっちを見る。女だ。真っ黒な目を大きく見開いたまま、ねじれて砂に手をつく。その黒い目にすとんと矢が刺さり、きゃあああという叫びが耳をつんざく。クロイヌがとんとはねる。首のつけ根を貫いた矢が地べたの砂を引っかけてはね上げる。

「射て、射て」

二度目の矢をつがえてすぐに放つ。どこに飛んだかわからない。

ゲッロ、ゲッロ。口々に叫ぶ。ばらばらと浜に散る背中をヤキマが、タンチャが、ムジが追いまわす。

こっちに来る。硬く太ったイノシシみたいな男だ。血を吐きながら向かってくる。迫る広げた手のひら。火傷でくっついた指。オトの首をひねるためか、矢を防ぐためか。指がオトの鼻先を引っかいて男が転ぶ。宙を二度蹴って、もう動かない。こっちを向いて倒れた男の、額を横切るメカシに矢が刺さっている。

「マダラコ」

ヤキマが駆けだす。矢が刺さってねじれたヤマノベたちを踏みつけ突っこんで行く。その向かう先、あんなとこにマダラコがいる。テイボズに首をつかまれてクリ林へ引きずられて行く。

あっと声がして、ダツナミが転がる。ふくらはぎを矢が貫いている。駆け寄るつま先のすぐそばの砂に、音もなく矢が刺さる。どこから飛んできた。クリ林の手前で、顔を黒く塗ったヤマノベが弓をかまえている。あんな遠くから？　ヤマノベがまた矢を放つ。ヤキマが止まる。シオダマリでなにか見つけた時みたいに下を向いて、つっ立っている。また走りだすとテイボズにつかみかかる。砂煙が上がる。つかみかかるヤキマの胸のあたり、矢が刺さっているのを見た。

「ヤキマ」

駆ける。あちこちにヤマノベが転がっている。残りはもうクリ林にかくれて見えない。砂の上でヤキマとひとかたまりになったテイボズは、目を閉じて動かない。喉のすぐわきが裂けてしゅっしゅっと音を立てて血が噴き出ている。

「オトガイか、地べたはどこ？」

折れた矢を握り締めたヤキマが呻くように言う。ひどいしゃがれ声だ。左胸に矢が刺さり両目から血を流している。テイボズの血で汚れた手がゆっくり開いて、ヤキマの眼を潰した、長くとがった黒い石が転がり落ちる。

駆けて来たジン叔父があぁっと声を上げてヤキマのホウベタを親指でこする。

「聞いてない。聞いてないよ」

遠くでタンチャがわめいている。

「ヤマノベが弓を持ってるなんて聞いてないよ」

マダラコがヤリをテイボズの胸に突き立てて、膝にヤキマの頭を抱え上げる。父カリガイが「この息」と言って唸り、ヤキマを集落へ連れていくよう族長アイガネに声をかけている。まちがいだ。いまヤキマは喋ったよ。顔に手をかざすとほらマナフタを開く、ほら、ほら。

「わかるだろ、オトガイ。息が弱い。それもどんどん弱くなってる」

見ているオトまで苦しくなる。悪い精霊に喉をしめられたようだ。

「島に連れて行ってやろう」

「嫌だ。もう嫌だ」

父カリガイの手に背中をさすられているのに、体が細かくゆれて、抑えられない。

「帰ろうヤキマ」

ジン叔父がヤキマを背負い集落へ歩きだす。マダラコがずっと、ヤキマの体のどこかにふれている。ジン叔父がささやく。顔中から伝う汗を顎の先からしたたらせながら、背負ったヤキマにささやいている。

「もうじき痛くなくなるぞ」

ヤキマはなにも言わない。

「そうだヤキマ。島のみんなに弓矢を教えてやったらいい。みんな喜ぶぞきっと」

こんなこと言ってるからだ。こんなこと言うから、ヤキマもみんなも、体をもったいながらない。ダンマリのせいだ。カリガイはみんなをだましている。ああちがう、ヤキマをだましたのはこの、オトだ。ほんのついさっきだましたじゃないか、ウナクジラにかくれてヤマノベを待っていたあの時、もし本当のことを話していたらどうだ。ヤキマはあんな、テイボズの近くまで行かなかっただろう。離れたところで、タンチャや、ほかのみんなを待って、矢を放てばよかったんだ。オトはヤキマをだました。だましたからヤキマを失う。

ふくらはぎを矢で貫かれたダツナミの、痛い痛いという声がついてくる。

「カリガイ、ヤキマと一緒に連れてってくれ」

族長アイガネの声がとがめる。「順番を待てダツナミ」

だれかが笑う。うううう。ヤキマが呻いている。ちがう、これはオトの呻き。ハイタイステルベの呻き。喉がでんぐり返る。口いっぱいに広がる黒いかたまりの苦味を、奥歯に力をこめて押しとどめ岩場を越え、浜を歩く。

父カリガイがヤキマの首にふれる。シャコガイの面で顔をおおう。イソベリたちのざわめきが消えて、サヤ舟が浜に押し出される。ジン叔父と父カリガイが声を合わせてサヤ舟にヤキマを横たえる。

イソベリたちの手がサヤ舟のへりを叩き、女たちが歌いだす。気持ちのよい歌。ずっと聞いてきたこの歌。ふるえが波とまざり合うのが心地よかったのに、ちがって聞こえる。みんなに石をぶつけられ、追い立てられるよう。それは調子っ外れに、ほとんど叫んでいるマダラコのせいだけじゃない。こっちを見る。ぼんやりと腫れたマナフタの下からオトを見る目が黒い。イソベリの女たちの目とはまるでちがう。イヌの目だ。ヤキマを動けなくしたヤマノベの目だ。思わずイヌめと言いかけた時、マダラコが強く握りしめていたフカよけの粉を投げつけてくる。なんどもなんども手に粉を取り、顔めがけて叩きつけてくる。

これからもだまし続ける？　みんな失うぞ。

サヤ舟の舳《へ》先《さき》に立つハイタイステルベの腕にしがみつく。

「かくさないでっ」

シャコガイの面を引っぱる。ハイタイステルベが面をおさえて体をよじる。

「もうやめようよっ。みんな傷つく」

ハイタイステルベは答えない。

「みんな聞いて、島で体は治らない。なくしたら取り返せない。矢でしとめた魚やカエルや鳥やウサギ、あれと同じ、イソベリも同じ。おしまいだ」

　腕が何本も伸びてくる。ハイタイステルベをつかんだオトの指が引きはがされる。

「いいから聞けっ」

　腹を蹴られる。浜に転がされて、たくさんの足に踏みつけられる。手探りでつかまえただれかの足首をひねって、足のすきまをくぐり抜けると鼻先に族長アイガネの手が伸びてくる。

「ウナクジラは腐った」

　アイガネが止まる。オトは浜を這いずってサヤ舟にすがりつき立ち上がる。

「これにのって島に行った。この目で見た。治らない、どろどろぐずぐずのザイガイ、イソベリ魚なんていない。見渡したって白いウナドリに白い石ころのからっぽ」

「だまれっ」

　ハイタイステルベがシャコガイの面をむしり取る。

「みんな耳をふさげっ、聞くんじゃない」

　カリガイが怒鳴る。イソベリたちが耳をふさぐ。しかめた眉、つり上がった眉の下からにらんでくる目、目、目。すすけた青い瞳。右の手を思いっきり開いて見せつける。四本の指とつるんとまるい出っ張り。親指はずっと前になくした。岩場から飛び降りようとして足を滑らせた時に。

「これだって、戻らない。戻らないんだよ、島に行ったって」

手のひらを追うたくさんの目、目、目。瞳が濃くなっていく。

もっと、惜しめっ。

トンノガネの開かない拳が、ちょっとゆれる。広場に集まって夜話をしていた時、腹を立てて焼けた石をつかんだまま、はがれなくなった。なにに腹を立てたのかなんてだれも、トンノガネも忘れてる。

タンチャが岩場で飛びそこねてちぎれた耳のあとを押さえる。いつも頭の中から流れ出た水が顎から滴り落ちてる。あの時タンチャは急いでいたから飛んだわけじゃない。

叔母チマキマが昔潰した片目に手を当てる。ウナの色した草の汁でマナフタを飾ったらぼんぼんに腫れた。それでも気に入っていたから目を潰すまで塗り続けた。

ジン叔父は曲がった足をさする。食べきれないほどクリを取ったのに、木のてっぺん近くのクリまで取ろうとして、足を滑らせた。

ムジは肉のえぐれたホウベタをなでる。磯で滑らずに走ったらなんでもくれてやるとトンノガネにそそのかされて、駆け出したとたんに転んだ。

アマビエが口の中で舌先をまわす。マキニシの殻を割るのに石を使うのを面倒がって歯を使っているうちに、けずれてしまった。歯が一本残らずなくなってからは石を使っている。

ダツナミがふくらはぎに刺さったヤマノベの矢をにらむ。

族長アイガネが指が半分も残っていない両手をじっと見たあと、タアリ婆のへっこんだ顔を見る。

だれも口を開かない。波だけが騒いでいる。

「治らないのか？　俺は」

肩をつかまれる。サヤ舟に横たわっていたヤキマの腕がしがみついてくる。体を起こそうともがき、サヤ舟の中で滑って血がはねる。

「島で、みんなが待ってるんじゃないの」

抱きかかえる。重たくて血まみれのヤキマがずるりと腕から滑っていく。

「イソベリ魚になって、みんなと暮らすんじゃないの」

穴ぼこになった両目から血がだらだら流れている。舌が動かない。本当のことを言いたかったのに。ヤキマが聞いているのに。なにか言わなければ。ヤキマはオトの声を待っている。目も見えず痛みをこらえてヤキマが待っている。その声が出ない。

あああ。

体をねじり声をふり絞る。なにか言え。言ってやれ。

ああああ。

こんな獣みたいな唸りを聞かせたいんじゃない。待ってるヤキマがぼやけていく。

力んでマナフタを閉じる。たまっていた涙がぼたぼたサヤ舟の中に落っこちる。

面をはずした父カリガイがサヤ舟にのりこんで、ヤキマの背中をさすりながら歌いだす。

かわいいかわいいイソベリの子よ。お前には島がある。もげてしまった手も足も戻ってくる。怖くない。あとはおまかせでいいよ。サヤ舟に寝そべっていれば、ハイタイステルべが連れていくよ。波を越えて島に渡ったイソベリの子、ウナの風に吹かれたらば、もうかゆくない、もう痛くない、息だって鼻だけで楽に吸えるし吐ける。手足も頭も元どおり、唇には気持ちのいい歌が蘇《よみがえ》る。

父カリガイは歌い終えると、ヤキマのおでこにふれる。

「そう、こう、つるっと丸いんだ。ドノキマが生んだ中で、一番ドノキマに似ていた」

サヤ舟の底で、ああ、ヤキマの口元がちょっと笑っていて、それを見たらふっと胸からなにかが抜け落ちて、軽くなる。だましてるのに、父カリガイの歌がヤキマを助けた。じゃあこのオトガイはヤキマになにをしてやれた。なにがしたかった。嘘の歌で救われたのはだれだ。マダラコがサヤ舟に屈みこむ。ヤキマの腕を持ち上げてホウベタをこすりつけている。

マダラコの手をヤキマが握る。イソベリに血だまりをもたらしたマダラコが両手で包みこむようにして握る。

八章　ヤキマ・ジン・アマビエ

父カリガイが咳きこんで、つばを吐く。砂に点々と跡が散る。唾じゃない。ちょっとだけど黒いかたまりだ。メカシに囲まれた口をぬぐいながら、舟から飛び下りてこっちに向かってくる。腕を強く引っぱられる。

「オトガイお前ちょっと、駄目だ。残れ」

ホウベタに張りついたカリガイの手のひらは重く、熱く、べっとりとしている。

「お前が次の、ハイタイステルベなんだ」

激しくゆさぶられる。

「どうしたことだカリガイ、オトガイはなにをそんな、怖いことを言う？　こんな、こんなの、みんなが落ち着かない」

族長アイガネが白い眉と髭をふるわせている。

「このオトガイはオトガイじゃない。悪い精霊のしわざだろう、暴れるかもしれない。

だれか縄を持ってこい。急いで」

イソベリたちの手にあちこちつかまれ、引っぱられ、後ろ手に縛られ、押し倒され、踏んづけられる。砂に押しつけられたまま目だけで見上げると、汗を光らせ、むき出しの歯を食いしばる父カリガイの顔が、シャコガイの面にかくれる。

族長アイガネがホラ貝を吹いて、ハイタイステルベがウナに漕《こ》ぎだす。

「待ってくれ」

ヤキマがなにか話している。波にまぎれて、きれぎれに聞こえてくる。サヤ舟がゆれる。

「いやだ」

ハイタイステルベが腰を浮かせてサヤ舟のへりをつかむ。立ち上がろうとするヤキマにハイタイステルベがおおいかぶさっている。サヤ舟が大きく傾いて、ああ、ヤキマがウナに落ちる。水しぶきを上げて両目から血を流しながら、頭をめぐらせ「どっちだどっちだ」とわめき、波に押されて膝を折る。

女たちの悲鳴に波の音がかき消される。なんだこれ。ざわめくイソベリたちの、どの口の周りにも、皺が見える。うっすらとだけど、ハイタイステルベがメカシでかくしてきたのと同じ皺が浮いている。みんな、知りかけている？

「じっとしてろ」

頭を踏みつけられて砂を噛む。血の味がする。

「ナリソコナイだ」

族長アイガネが叫ぶ。

「ああ本当だ、ナリソコナイがいるぞ」「こっちに来る」「集落に入れるな」「そんな無理しちゃ治らんぞ」「帰ってくるな」「厄介かけるんじゃないよ」「おいウナからあがるぞ」「島はいいぞお」「よし引きずれ」

怒鳴り声にヤキマの叫びがまじる。

「だれか助けて、オトォ」

もがく。手首をでたらめに動かす。ぎちぎちぎちぎち縄が言う。

「離せよっ」

頭を踏んづける足がずるんと滑る。背中を思いっきりそらす。ヤキマが縄で縛られ、乱暴にサヤ舟に押し上げられている。アイガネのホラ貝とイソベリたちの歌に追いやられるように、サヤ舟がウナの上で遠ざかっていく。

嫌がっているのに、叫んでるのに。見たくないんだ。かくしたいんだ。血が出ていたから、泥団子になるから。見たいものだけ、忘れたいものだけ。ナリソコナイ？

ヤキマはただこっちにいたいだけだ。いつかタビをしたかっただけだ。シリタガリのヤキマ。なにもかも見たかったヤキマ。打ち明けられなかった。駆け寄れなかった。許してはくれないだろう。でもこのオトガイは、もうかくさない。

オオキボシが三度も呑まれても、縄もほどかれないままカリガイ小屋に押しこめられて、だれも見に来ない。父カリガイだけが小屋のすみっこでじっと固まってる。アマクサばかり吸って、眠るだけ。ヤキマをどうしたとなんど聞いても、すぐにシャコガイの面で顔をかくす。時々小屋を出てもすぐに帰ってくる。たぶん吐くか、ししを垂れてるだけ。ずっと声を聞いてない。でもいいよカリガイ。もういいよカリガイ。顔も見たくないし声も聞きたくない。

戸口のむしろがゆれて光がさしこむ。タンチャが顔を出す。小屋に入らずに目だけきょろきょろ動かして、こっちを見ないようにしているのがはっきりわかる。

「カリガイ。やられた。見張りのジン叔父とアマビエ」

「え、なに？」

父カリガイが寝返りをうち、のろのろ起き上がる。

「さっきシオダマリに行ったら転がってて弓がいっぱい刺さってて、イヌが食ってた。

ジン叔父は顎がない。すぐに来る」

ヤマノベだ。やられたから、やり返しに来たんだ。

「どうしてそんな、ジンが、本当に？」

「本当だよ」

父カリガイがおっつおっと咳きこんで、湿っぽい声で「本当に？ よく見たか？ 遠くから見たんじゃわからんぞタンチャ。お前のシジミ目ではわからんぞ」と聞いて鼻をすり上げる。タンチャは答えない。荒っぽく浅鉢や籠をどかして、むしろを敷いている。

小屋の外が騒がしくなって、族長アイガネがタンチャを押しのけて、背負われたジン叔父がゆっくりと寝かされる。

「ふぁんとかひてえ」

首の付け根から背中まで矢に貫かれたジン叔父が細っこい声を出す。父カリガイが屈みこんで、ジン叔父のつま先しか見えなくなる。薬を塗られているジン叔父の親指がぴくぴく動いている。でも小屋に入ってきた時に見た。ぶらぶらになった顎、薬をどれだけ塗ったって、もうくっつかない。

ムジがアマビエを背負って小屋に入ってくる。ずり落ちかけて足が引きずられている。ぐにゃぐにゃの、力の抜けたつま先がなにかにひっかかり、小さくはねる。

「カリガイ、アマビエは息もできてない」

ジン叔父のとなりに横たえる。胸と腹にびっしり刺さった矢がふれ合ってかたかた音をたてる。父カリガイは生のままのアマクサをほおばる。口をもごもごさせながら、ジン叔父の頭を膝の間にがっちり挟み、嚙んだアマクサを飲ませる。

族長アイガネが駄目だ、と呻く。

「顎がない、こぼれてく」

「血が止まらないよ」

父カリガイが立ち上がり、口の周りのメカシを激しくこすりだす。戸口をちょっと見る。集まったイソベリたちは黒い影になってゆれている。また腰を下ろす。

「ジンを押さえて、足も」

イソベリたちがジン叔父に群がる。

「ふぁああ」

ジン叔父が叫ぶ。イソベリたちがふり飛ばされる。

「ちゃんと押さえて」

そう叫ぶ父カリガイもぐらぐらゆれる。ジン叔父がはねる。ぶるうんと大きな魚みたいに背中を波打たせてなんどもはねている。ごつんごつんと鈍い音がして、血が小屋のあちこちに飛びちる。

「駄目だ、矢が抜けない」

ジン叔父がいきなりいびきをかきはじめる。

「あんまりだ。こんなひどいの、これほどまでの痛み、見たことない。見ておれん」

族長アイガネが呻く。風にあおられゆれるむしろの向こう、かすかに波の音がしている。

「島に行く、ジンもだ。でも風が」

小屋の外で叔母チマキマが悲鳴を上げる。

「雨だよっ」

アイガネが「こんな時に」とつぶやいて立ち上がる。小屋を出て行ってすぐにむしろの向こうから、あーあという声が聞こえる。

「待つというのか。こんなに刺さりっぱなしで？」

族長アイガネが怒鳴っている。泣き出したタンチャの背中を父カリガイがなでる。

「血を止めるよ」

矢の根もとに薬を分厚く塗りはじめる。ジン叔父が暴れ出さないように押さえつけ、ほぐしたガマの穂で傷に蓋をする。

「静かに、たくさん眠れるように」

イソベリたちは小屋の外へ出ていく。小屋の中でブンブンの羽の音が、いくつもかさなって、ふくらんではしぼみ、また次にふくらむ時にはさっきより少し大きくなり、やがて砂浜でなにかを引きずっているような音になる。血のにおいに誘われて、いつまでもやまない。シオダマリはどうなっている。だれも見張りのこと、言わなかった。タンチャが交代しに行ったらジン叔父とアマビエを見つけたと話しているのは聞いた。じゃあタンチャが？　大丈夫か？　いや、こんな二人を見て、引き受けるイソベリなんていない。

父カリガイがアマクサを吸いはじめる。メカシに囲まれた口からゆるゆると吐き出された煙はたゆたい、天井へゆっくりのぼっていく。

「ヤマノベはまたやるよカリガイ」

大きな声で言ってやる。カリガイは血走った目でオトを見て、口を開きかけ、風にゆれる戸口のむしろを振り返る。だれかに呼ばれたみたいに、ちょっと驚いたという顔で。

「だれかがまたやられる。イソベリは一人もいなくなる」

答えない。目をうるませて、いっぺんにたくさんのアマクサを吸う。ホウベタをめいっぱいふくらませると、座ったまま前へ後ろへ、ぐらぐらゆれる。

「ウナノハテノガタ」

煙と一緒につぶやく。地べたと父カリガイのおでこがぶつかって、その格好のままで寝息をたてはじめる。

ブンブンの音がすごい。島を思い出す。朽ちたイソベリたちを思い出す。母ザイガイを寝かせる、どさりと重たい音を思いだす。あの時も、ブンブンの羽音がした。洞穴みたいな、暗いところで、ぶんぶんぶんぶんずっと響いている。洞穴の中、洞穴になった目のくぼみで、ザイガイはなにを見ている。

「くあい、くあい、まっくあだ」

うとうとしていると薄闇の中、ジン叔父の腕がゆっくりと持ち上がり、体をひねろうとしている。

「駄目だよジン、じっとして」

「くあい、まっくらふぁ、よふか」

そうだ、と返すと、

「どうあるんら、こえから」

ジン叔父の首に刺さったままの矢がぶるんぶるんゆれる。なにも言えない。

「どうあるんら、こえから。おえはみたぞ、おおきぼひがのぼるまへに、やがささったまんまのやまのへ、たふさんたふさんのやまのへ、さまよふくおいかげ」

ジン叔父が這いずってくる。

「オフォガイ、ひったな、しま、からっふぉだったと」

ホウベタに手のひらが張りつく。生ぬるい息が顔に染みつく。

「らましたのか、このくちでえええ」

ホウベタが引っぱられていく。ちぎれそうだ。

「ジン。だましたんじゃない。聞け」

んんん、ジン叔父がゆっくり首をひねる。目の前で、血がこびりついた矢の先が小さくふるえている。父カリガイがジン叔父に体をくっつけるようにしてしゃがみ、背中をさする。

「島で体は治らない。いや体はなくなる。心配することはない、波とか風みたいなものだ。軽くなるし、どんな形にもなれる。ウナノハテノガタに行く。知らないだろう。ウナノハテノガタだよ。そこはな、とてもとても遠くて」

「れも、らました。カヒガイおまえ、ひろいじゃないか。らましたろ、みんらを。みろよこんら、おまへのせいで」

父カリガイがぐにゃりと折れ曲がり、横たわるアマビエの顔に黒いかたまりをぶちまける。すまない、すまない、小屋のすみっこまで飛びのいて、壁に背中を押しつける。口もぬぐわずすまないすまないとくり返しながら、シャコガイの面に引っこむ。

「みんらを、らましたな」

目の前で崩れた口が開く。腹の中まで見える。あわ立った血があふれかけて、ひゅっと喉の奥に引っこむ。すみっこのハイタイステルべがちょっとだけずらした面の下からアマクサを吸いこんでいる。

「らましたなあ」

　口の中の泡を出たり引っこんだりさせて、ひどく咳きこみながらジン叔父の体が沈んでいく。

　薄暗いところでブンブンの唸りに巻かれている。ほこりっぽくて、ウナクジラの傷からあふれる汚れたにおい。古くて大きな舟の中で、傷ついたイソベリとヤマノべがからみあっている。蛇みたいにくねくねと手足だけじゃなく、舌もクビタケも、体中が伸びている。ワカメみたいにぬめっていて、ずるずるとこすれあいながら、どんどん固くからみあう。よく見ると、イソベリもヤマノベもたくさんいる。それが大きな一つのかたまりになってうねっている。ワンムみたいだと思ったら、オトの足もいつの間にか伸びきっていて、もう指がからめとられている。もがきながら、これはほどけないと、どこかでわかっている。ゆるゆるもがいて、飲みこまれて、体中に甘ったるさを感じながらとけていく。

目覚めると体は冷え切っていて、地べたと屋根を雨が激しく打っている。両足の付け根でクビタケがはちきれそうだ。

肩にマダラコの顎がのっかっている。頭を持ち上げて見ると、マダラコは眠っていない。黒く濡れた目がオトの顔をのぞきこんでいる。薄く開いた唇、指先を押しこんでかきまわしてしまいたい。

背中で縛られた両手がふっと軽くなる。縄がほどけている。しびれてちょっとずつしか動かない指を見ていると、マダラコが煮貝の鉢をぐいぐい押しつけてくる。

ずっと食べてなかったことを思いだす。急に、ものすごく腹が減ってくる。オトは鉢に手を突っこんで、アサリの身を口いっぱいにつめこむ。飲みこんでは、またつめこむ。

「毒ないか？」

「毒？」

「ヤマノベ、来る。ちょっと、イソベリ減らす。ちょっと、イソベリ減らす。わっと来る」

腹の底がぐんと重たくなって、クビタケがしおれていく。話しながらマダラコがゆれている。腕をあっちこっちに持っていき、小屋の中をうろうろうろうろ、眠るカリガイの足、ザル、鉢や石皿、なんどとなく足を引っかけつまずきながら、かまわず歩き続ける。じっとしてられない。声が大きくなってうるさいくらいだけど、だれも文句を言わない。アマクサを吸い続けたカリガイも、小屋に運ばれた時にはもう息をしていなかったアマビエも、血まみれで転がるジン叔父も。

「弓持って来る。もうすぐ。取られる、イソベリ、全部取られる」

ジン叔父はねじれた腕を腹の下に敷いてうつ伏せで、目覚めているのか眠っているのか、もう動かなくなっているのかもわからない。崩れた口元に耳を寄せると、もう息をしていない。

「マダラコが、守る。毒で」

ヤマノベ。男も女も、矢が刺さってシオダマリに転がっていた、呻いていた。あの痛みが燃え尽きるまで、追いかけてくる。マダラコの言ってることはよくわかる。あれほどの痛みを消すにはもう、どれだけ矢があってもたりない。

「毒なんて、使っているの、見たことないよ。カリガイがまだアカンボの頃、暴れイノシシに使ったらしいけどね。毒塗った木で突っついただけで、大イノシシも血を吐きながら転げまわったって。あれを使ってつかまえたものは、深く埋めるしかないから」

マダラコはいびきをかいて眠る父カリガイをまたいで、小屋のあちこち積まれた鉢や壺《つぼ》をのぞいてまわる。

「ここには、ない？」

ハイタイステルベの呻きと父カリガイが呼ぶ、あの花。ここにはないけど、エビヌマにある。父カリガイ、その前のヤクトガイ、その前のオクトガイ、その前のまたその前、黒いかたまりを吐き続けたエビヌマの濁った水に、こんもり浮かぶ花の群れ。形も大きさも、広げた手のひらからだらりと長い舌を垂らしたような、他では見ないオオガラス色の花。朝も夜も、暑さも寒さもおかまいなく、いつでもだらしなく開き続ける。

「なくても、作れるか？　たっぷり」

「たっぷり？」

「クリ林、煙でいぶした。ヤマノベは奥の川。引っこんで、じっとかたまってる。まだいぶす。この雨、やむまで。川がやせる、毒をまく。川を取られたヤマノベ、なにもできない」

怖い。マダラコを見なくてすむように、小屋の柱に顔を押しつける。毒を使えば年寄りも若いのも、男も女も血を吐きながら転げまわる。ヤマノベの痛みがもっともっと燃えさかる。一人でも残せば、必ずイソベリの集落を焼き尽くすだろう。

「もういい。カリガイに、聞く」

マダラコは口をオトの耳にくっつけてささやく。

「毒をくれないならダンマリもなしだよオトガイ。カリガイ、知りたがってる。ウェレカセリ、どこか。教えてやるから、毒くれ言う。カリガイ、きっと断れない」

駄目だ、カリガイが壊れる。頭をふって逃げようとすると、ホウベタを両側からつままれる。マダラコの顔が近づいてきて、川色のメカシが横切った額がオトの額にくっつく。もう黒い目しか見えない。

「ちょっと、オトガイ、その手。泥、ついてないか？　ウェレカセリ、重かったか？」

噴き出た汗でホウベタをつまんでいたマダラコの指がずるりと滑る。喉の奥にものがつまったように息が苦しい。

「ハイタイステルベしか知らない毒がある」

「オトガイ、ふるえてる」

マダラコが笑いながら戸口から出ていく。鮭皮の靴を履いて小屋を出ると、ひどい雨だ。

「オトガイ、どっちだ？」

エビヌマ、と言いかけた時には、もうマダラコは歩き出している。強い雨でほどけた髪を背中にはりつかせて、振り返りもしない。腹が大きくふくれて重たげなのに、オトはついていくのがやっとだ。石の原に入ると歩くのがもっと速くなって、どんどん行ってしまう。ほとんど走っている。見失いかける。

「マダラコ」

赤土の土手の下で尻もちをついている。目を大きく見開いて、泥のはねた顔を空に向けてあえいでいる。

「マダラコ、どうしてそんなに急ぐの」

見開いたままの目でこっちを見て、ゆるゆると立ち上がる。

「どうってことない」

つぶやくと背中を向けてまた土手を登りだす。アマクモの森でオオクスの木にあいさつをして立ち上がると、マダラコがいない。雨に濡れた濃い緑が細かく光っている。その向こうにちらりと背中が見えた気がして、「マダラコ」と呼んでみる。声は返ってこない。

　うろうろしてたらきっと迷う。なんど来ても、アマクモの森はやさしくない。オオクチ壁も見えない。それでも突き当たりまで行けさえすれば、崖に沿ってウェレカセリの岩屋を見つけることができるはず。マダラコをさがすのをあきらめて、葉と枝を押しわけて泳ぐように岩屋を目指す。白いもやになった雨が風に踊り、木々のすきまを流れて渦を巻いている。水の粒がたくさんの葉を叩く音がかさなり合っていく。雨粒の音に追いやられて、ほかの音が聞こえなくなる。

　ぬめった土のすぐ下にひそむ曲がりくねった根っこに足を滑らせる。とっさに垂れ下がるつる草をつかんで息をついたとたん、ふと、穴に落っこちたウェレカセリの顔が浮かぶ。こびりついて離れない。怖いことを考えていると、よけい歩くのがしんどい。くり返し、くり返し思い出しているうちに、いつの間にか、穴の底に頭から突っこんで目を見開いているのがマダラコになる。

　ウェレカセリは言った。会わせないようにするしかないと。長く長く生きてきたウェレカセリはそう言った。マダラコがきてからだ。なにもかもかわってしまった。

ヤマノベがきて、ウェレカセリが死に、矢が放たれて、血が流れた。イソベリもヤマノベも倒れていった。

雨が強くなる。

大丈夫だろうか。ぬかるんだアマクモの森のどこかで、深い穴でもいい、滝のほとりでもいい、マダラコはそこで足を滑らせるかもしれない。そうしたら、ヤマノベとイソベリがうまくいくかもしれない。たくさんのヤマノベが苦しみのた打ちまわるより、ぶつかり続けるより、マダラコ一人を、あまり苦しくないように。

きっと森の悪い精霊のせいだ。怖いことを考えているのは、悪い精霊がいたずらをしているからだ。

もしマダラコが森を上手に歩いたらどうしよう。エビヌマで待っていたら、きつく抱いてやろう。一緒に沈んでハイタイステルべの呻きの中で溶けあおう。そうだ、それがいい。あるのかないのかわからないウナノハテノガタを待つよりも、ずっといい。

緑のすきまからオオクチ壁がちらりと見えて、すぐに森が開けて強い雨に叩かれる。白っぽくぼやけたオオクチ壁に穴が開いている。岩屋の中に駆けこんで腰を下ろす。もう歩ける気がしない。外は川みたいな雨だ。マダラコはエビヌマについただろうか。

「オトガイ？」

マダラコの声だ。岩屋の奥の暗がりから聞こえる。近づくと、壁にもたれてしゃがんだマダラコが見える。細縄の衣がはだけている。荒い息の間に低い唸りをもらし、顎を上げて見開いた目からあふれた涙が筋になっている。オトが見えていないような、ぼんやりとした目だ。

「あああ」

近づこうと踏みだすと、マダラコの足の間からなにか出ている。地べたがあたたかく濡れている。マダラコの息が少し静かになって、ぼんやりとした目のまま、だけど思いがけなくはっきりとした声で言う。

「生まれる前に、ヤマノベ全部、殺したかった」

「アカンボッ、ここでかっ」

マダラコが汗で光る顔をゆがめて「ここで」とつぶやく。暗くてよく見えないけど、たぶん薄く笑っている。イソベリの女はアカンボを生むのに男は手をかせない。ハイタイステルベでもやらない。マダラコの背中をさする。また息が荒くなって、その音のくり返しがふいに止まったと思ったら、マダラコが口を少し開いてそこから透明ななにかを吐く。吐いたとたんにマダラコの顔がぎゅっとちぢんで、思わずオトは手を止める。

「やっ」

マダラコが足をさらに大きく開いて、カニみたいな格好でしゃがみなおす。

急いで火を起こす。明るさに目がくらむ。岩屋の壁をうねるように埋めつくす模様が、ぼんやり見える。その模様にかこまれた男と女の絵が、岩屋のいちばん奥でゆれ踊る。前に見た時と同じだ。男が女からなにかを受け取っている。なにをもらった？　なにをくれた？　マダラコの汗で冷えた腕が伸びてきて、すごい力で首に巻きつく。

また唸りを上げる。マダラコの腹にかくれているけど、足の間から毛深く赤い肉が出ているのがわかる。

こっちに向けられていたマダラコの目がはっきりして、からみついていた腕がさっと離れる。マダラコが両手でアカンボの頭をつかんで腰をふるわせる。湯気が顔をなで上げて、引きこまれる。マダラコが息をするたびに、毛の生えたアカンボの肩がねじれ、外に出てくる。

「あいやあああっ」

マダラコが叫びを上げると、じりじりと肩が外に出てきて、それから勢いよく足の先まで滑り出てくる。しりもちをついてしがみつくマダラコを抱きしめる。

にっ、とアカンボが泣く。息の続くだけにゃあにゃあ泣いて、けっけと喉を鳴らして息を吸う。息を吸うと、小さなしゃがれ声を出す。マダラコと血にまみれた紐でつながったまま、マダラコとちがった声で泣いて、手足をちぢめてふるえている。アカンボからどんどん湯気が逃げていく。

アカンボをマダラコの腹にのせてやり、上からおおいかぶさるようにしてあたためる。顎のすぐ下でぐにゃりとしたまま、口だけ忙しそうに動かしながら泣いている。マダラコが小さな口を乳にあてがう。指先でそっとマナフタを開くと、黒い、ヤマノべの目だ。

「ベロベリバデロリブロ」

マダラコが叫び、オトを見上げて言い直す。

「声、強い、よしだ」

アカンボが咳きこむ。マダラコが背中を叩くと、ひどいしわがれ声で泣きだす。喉をけっけっと鳴らして、もう咳きこんでいるのかしゃくり上げているのかわからない。皺くちゃで赤黒くて小さくてふるえて泣いて、すごくみじめだ。こっちがしてやらないと、なにもできない。顎をふるわせて、まだアカンボが泣いている。

「まだ泣く」

「アカンボだから泣くぞ、オトガイ」

「それはそうだけど」

なにをそんなに泣くことがあるのかわからない。なにがそんなに怖いのか。ひぃひぃ言う口に乳を押し当てられると、やっとだまって、ホウベタだけをせわしなく動かしはじめる。マダラコがアカンボを抱きなおす。なんでもないことみたいに、いつも、前からしてきたように、アカンボにあてがう乳を取りかえる。

「マダラコはすごい」

「生まれたのは、アカンボ。こっちが怖くても、あっちが勝手に、くるだけ」

あははと変な声が出る。怖いは遠ざけてもなしにはできない。

「イソベリなのに、そんなふうに、笑うか？」

オトがはじめて笑ったみたいに言うマダラコの顔を見たら、またあははという声が出る。笑うのがはじめてなわけない。ただいつもとちがって喉の奥が勝手にのたくって、止まらないだけだ。なんでか涙まで出てくる。

オオキボシを呑むウナは、オオキボシより強い。ずっとそう思っていた。でも、ちがうかもしれない。なんどウナが呑んでも、かならず生まれてくるオオキボシもまた強いのかもしれない。

「マダラコ。強い毒だけど、あれはあげない」

重たそうに頭をゆらして、マダラコが目を細める。

「ここまで来て、なに言う、オトガイ」

「ヤマノベにもアカンボがいるよ」

マダラコはこっちのアカンボ、やられていいか、とかすれた声を出して口をゆがめる。とんがった歯が見えて笑ったのかと思ったら、鮮やかな音が岩屋に響く。ホウベタを引っぱたかれてる。

「オトガイ、怒らないか？　ヤキマ、もう走れない。もう歌えない。旅に行こう、言ってた。もう行けない。ヤマノベのせいっ」

「ちがうマダラコ。このオトガイのせいだ。島に行けば大丈夫って、だました。もっと早くダンマリをやめられたら、もっとヤキマが体を惜しんでいたら」

「ヤキマの両目、だれ、潰した？　オトガイか？」

唇のはしっこをゆがめる。

「マダラコが来なければよかったんだ。なにもかもかわった。ヤキマだって」

またホウベタを引っぱたかれる。引っぱたき返そうとした手をつかまれて、また引っぱたかれる。黒い目が溶けだしてマダラコのホウベタを濡らす。

「どうすればよしだった？　言え、オトガイ、イソベリのイケニエ」

手首をつかむ手がほどける。

「言え、ヤキマが好きで、だましたオトガイ」

アカンボが泣きだす。マダラコはそれきりだまってしまう。外で降る雨の音と、アカンボが乳を吸う音だけが聞こえる。いつだったろう。前にも思ったことがある。マダラコとオトは似ている。イソベリなのに、ヤマノベなのに、全然ちがうのに似ている。

ヤマノベとイソベリを一緒にしちゃいけない。

ウェレカセリが言っていたのをまた思い出す。薄暗かったのがさらに暗くなっていく。ウェレカセリの寝床で、マダラコとアカンボと三人かたまって眠る。アカンボだけがびっくりするくらいあたたかい。

おそろしく小さな手。なのに、つかまれた乳房がひどく痛む。お前がたくましく育ったら、旅に出たいとヤキマは言った。うるさいくらいまとわりついてくる、イヌみたいなヤキマ。ヤキマがいたからイソベリと話せるようになった。イソベリの集落にいられた。ヤキマに見てほしかった。

私もヤマノベだった。なんどもなんども、前ぶれなく決まる生贄を送った。

小さかった頃は、母親チリに手を取られ、生贄女が背負う木ぎれの束に火をうつした。あの時、私はチリになにか聞いただろうか。見知ったあの女がどうして燃やされるのか、ちょっとは考えただろうか。悲鳴と炎が怖くて、早く終われ早く終われと思いながら、たぶん言われるまま殺した。主の木をなだめるため、ヤマノベのため、私のために。あの女は逃げられなかった私。私を燃やそうとしたヤマノベは小さな私。

キャッ。

まただ。イソベリの矢に倒れるヤマノベの声。真夜中にお前を抱いていると、時々聞こえる。後戻りはできない。かすかな息がこそばゆい。こうしているとお前を腹の中に抱えて走り、殴られ、殺したそのわけが、かすんでしまいそうで恐ろしい。

九章　ヤキノ

アカンボの泣く声で目を覚ます。岩屋の外はもう明るい。マダラコがいない。波の音のしない朝ははじめてじゃないのに、落ちつかない。アカンボを抱き上げると、やわらかいような、ふかしたクリのようなにおいがする。イソベリのみんなは追ってくるだろうか。ちょっと考えたら、かくれられるのは岩屋くらいだってわかる。ヤマノベが来たらもっとまずい。そっと岩屋から踏み出て耳をすませる。イヌの声は聞こえない。前ぶれもなく、するどい鳴き声が落っこちてきて、頭を抱える。

「鳥だ、オトガイ」

マダラコだ。からかうふうに手をひらひらさせながら、もうかたっぽの手にまとめたつる草をぶら下げて、森からこっちにやってくる。アカンボを渡すとすぐに乳をふくませる。うつむいていてよく見えないけど、ホウベタがもり上がって、うっすら笑っているようにも見える。

「森を歩く時、この草、からだに巻け。イヌが嫌う」

木の葉や枝をすり抜けた光の粒が、いくつか岩屋の中まで届き、白っぽく浮かんでいる。岩屋を出てすぐの岩肌に、なにか描いてある。いままで気づかなかったけれど、岩屋の中にびっしり描かれたものと似ていて、だけど模様は一つきりだ。うねうねとつながってない。これもウェレカセリが描いたのだろう。

「ここにもあるよ、マダラコ」

「ん、なにが？」

「なんだろう。細長くて、ウミヘビのつもりかな」

マダラコが入り口の模様を指でなぞる。彫られた細かい溝にたまった砂がこぼれ落ちる。

「オトガイ、きっとこれ、ウェレカセリ」

「どうして」

「ここ、ウェレカセリがいたとこ。イソベリ、小屋の入り口に塩玉、置く。ヤマノベ、小屋の入り口に弓、髪の毛、つるす。獣、悪い精霊、入って来ない。ここ、私の小屋だって」

模様をにらみつける。指でなぞって、においも嗅いでみる。どう見たってウェレカセリじゃない。似せる気もなさそうだ。

「わからないか、オトガイ。これ、絵とはちがう」

マダラコがオトに背をむけて細縄の衣をはだける。

「ヤキマが彫った、イソベリのメカシ。小さな三角。イソベリ、鱗のメカシと呼ぶ。本当の鱗、白くて、透けて、光って、角が丸っこい」

岩屋をのぞく。壁をうねうねと埋めつくす模様たちが薄闇の中でぼんやり浮かんでいる。

「それじゃあ、中にびっしり描いてあるあれもみんな、なにかの印なの？」

「きっとそう。オトガイ。一つ一つ。伝えてる」

「ウェレカセリは言ったよ。なんで描いてるのかわからないって」

腕の中で怒ったように唸りだしたアカンボをゆすり抱きなおしながら、マダラコが言う。

「岩屋の中に戻ろう、オトガイ。火を起こせ、この森はすぐ暗くなる。オオクチ壁のせい」

ウェレカセリの岩屋で眠るようになって闇とオオキボシが三度入れかわると、波の音のしない目覚めにも慣れてくる。風が葉をなでる音や、ふいに木の枝がきしむ音、鋭く鳴き交わす鳥の声にも、驚かなくなる。でもマダラコが見つけてくる森の食べものにはまだ慣れない。マダラコが拾ってくる実や根、ぬめったキノコはしっかり煮ても、どこか泥のにおいがするから、食べ慣れたクリとアケビばかり食べている。

森でオトはなにもできない。役立たずだ。

食べられる物も火を起こす木ぎれも、すぐに見つけられない。マダラコに言われてイヌよけのつる草をからだに巻けば、肩とお腹《なか》に赤いぷつぷつが広がって、あちこちかゆくなった。うろうろするのは危ないから岩屋にいろとマダラコが言うから、オオキボシがのぼり、また沈んでも、アカンボを抱いてじっとしている。うねうね連なる印で埋めつくされた岩屋で。泣き出したアカンボをゆすったり、寝かしつけている間にまどろんだり、ぼんやり足の指を吸ったりしながら、いやになるほど印をながめる。

いつからかウェレカセリを探すのが楽しみになる。いろんな形の印たちの中に、時々岩屋の入り口にあるウェレカセリと同じ印が紛れこんでいる。ずっとながめているとわかる。ウェレカセリをぎゅっとちぢめたような偽物もたくさん出てくる。ウミヘビの骨というより、小魚の骨だ。

短いウェレカセリ。なんだろうと聞いたら、マダラコは指でなぞった壁をじっと見てからいきなり笑いだす。

「どうして笑う」

「ウェレカセリ、背が、すごく高かったな」

「ひょっとしてマダラコ、短いのはイソベリか。ウェレカセリの印がずっと長いのは、ずっと背が高いから」

その印がイソベリだとわかったとたん、どれが頭でどれが手足かわかる。小魚の頭がそのまま頭、左と右に飛び出しているのが腕、ふたまたの尾びれが足だ。

「どうしてマダラコは、そんなにすぐわかるの？」

マダラコは「さあね」と言ってイチジクの種を歯のすきまから飛ばす。

「あの感じに、似ている。イソベリの言うこと、なんにも、わからなくて、聞こえた声はみんな集めて、ためこんで、それがつながっていく。ヤキマがたくさん、教えてくれて、つながって、わかるようになる」

言いながらマダラコは壁のうねうねを指でたどっていく。

「オトガイ、これもだ。よく出てくる。あっちも。ほらそこ」

マダラコの指があちこちに飛ぶ。さがしてみると、なんどもくり返し出てくる印はウェレカセリとイソベリのほかにもたくさんある。でもいちばんありふれているのはイソベリだ。見つけるたびに、イソベリの印がちょっとずつちがっている。胸から飛び出した細っこい腕に、弓や木やりや深鉢、それにアカンボに見える印を持たせてある。オトの中はうねうねでいっぱいになる。マナフタを閉じても、眠ってしまうまでうねうねが浮かんでいる。

次の朝が来ても、マダラコが戻るまでずっと、アカンボをあやしながら壁をながめ続ける。木やりを持つイソベリ、弓を持つイソベリ、倒れたイソベリ、倒れたイソベリが出てくると、そのあとは決まって、これはなんだろう。頭がふたつかさなったイソベリ。頭がふたつあるというか……もしかしたらこれ、シャコガイの面、ハイタイステルベじゃないか？

帰ってきたマダラコにハイタイステルベの印を見つけたと教えてやる。

「やるな、オトガイ。たしかにこれ、ハイタイステルベだ。怪我したイソベリ、運んでいる。ならこの、ごちゃごちゃした印、島か」

「そうだマダラコ。サヤ舟かもしれないけど、いや、きっと島だろうね」

マダラコは岩屋の壁をぐるりと見て、首をかしげる。

「はじまりは？」

マダラコと岩屋の中を行ったり来たりしてさがす。もう森が暗くなりかけているけど、見つけないまま眠るのも気持ちが悪い。火を焚いて壁に目をこらす。うねうねは岩屋の入り口と一番奥の、むきあう男と女の絵のすぐ手前を行ったり来たりしている。オトより先に、岩屋のすみっこからさがしだしたマダラコが「これだよオト、あった」と叫ぶ。岩屋の入り口の、オトの頭より高いところだ。

うねうねのはじまりは、すごく変なイソベリの印だ。イソベリだけど腕がない。なにも持ってない。なんにもない、はじまり。知っている。この腕のないイソベリのことをずっとまえから知っている。

「ウナにすべての生き物がすんでいた。ねたんだ空が、オオキボシの光でウナの生きものをおびき寄せた。はじめに鳥が水からあがり、次にイソベリが水から顔を出した。長く見上げすぎたイソベリは、ウナでの息のしかたや、喋りかたを忘れた。怒ったウナは、オオキボシが空に昇るたびに引きずりおろし、真っ赤になるまで焼いて食べた」

「それはオト、イソベリの歌？」

「アカンボが立って歩けるようになるとみんなで歌う、はじまりの歌だよ。ああ、一緒だ。わかる。八本もある指でなにかをひっかこうとしているような形はウナだ。それか波、もしかしたらウナの波かもしれない。こっちの舌を挟んでぎゅっと閉じた唇みたいな印、オオキボシだよ。歌のとおりならこのあと、ほらあった、イソベリの印」

「オトガイ、このあたりの印、全部わかる。ウェレカセリの声、残らず聞ける」

マダラコの声が大きすぎて、わんわん響く。びっくりしたのか、アカンボが泣きだす。マダラコがアカンボをだきなおそうとしたところで真っ暗になる。火をつなぐのを忘れていた。うねうねにのめりこみすぎたせいだ。火が消えなければ、朝まで眠らずうねうねをたどっていたかもしれない。

鳥が鳴き出して、岩屋の中の闇が白っぽく薄れると、すぐに目が覚める。マダラコも体を起こすところだ。マダラコとうねうねをたどる。指先でウェレカセリの声の続きを聞く。まただ。よく知ってる歌が出てくる。ウナクジラの歌も、イソベリを島に連れて行く時の送りの歌もあった。知ってる歌にでくわすたびに、わかる印がまた増える。新しい印を知るのがうれしくて止まらなくなる。

まだまだわからないところもある。わからないところばかりだ。同じような印に見えてちょっとちがっていたりする。ちがいには決まりがあって、きまりを知ると次に出てくるちがいを先まわりできる。てんで的はずれなら、それがまたちがう決まりだ。

うねうねは入り口からはじまって、壁の奥に描かれた男と女の絵に届くと、引き返し、入り口の手前でまた奥に伸びていく。なんども行ったり来たりして、オオキボシがてっぺんをまわりかけたところで反対側の壁につながる。オオキボシが傾くところには、反対側の壁もほとんど終わりかけだ。

またかわったイソベリがある。急にたくさん出てくる。頭のところにちょんと横棒が横切っていて、これ、額のメカシを入れたヤマノべだ。足もとにいる小さいのはイヌだ。ハイタイステルべの印が二つ並んで続く。あっと思う。父カリガイと、このオトガイが描かれている。ウェレカセリがひっくり返っている。大きな大きなとくり返しの印に囲まれた新しいウナクジラが出てくる。たくさんのイソベリとヤマノべが入りまじる。ウナクジラが黒ずんで、そのすぐ先でイソベリがヤマノべに弓矢を射つ。マダラコとオトの指が止まる。オトの膝より低いところで、周りより太く描かれたイソベリの一人が、両目から血を噴いている。

「なにこれ」

マダラコがかすれた声を出す。伸ばした指先で一度ふれ、手のひらでヤキマの印をなでさする。

「ヤキマ、ヤキマがいる」

岩屋の中はすっかり暗くなっていて、オトは火を起こす。アカンボの腹に顔を埋めたマダラコが咳きこむようにして泣いている。背中をさすっていると、ゆっくりと振り返り「おかしいな」と言う。

「オト。このうねうね、ウェレカセリが描いた、ちがうか」

「そうだよ」

「うねうね、ウェレカセリ、エビヌマに沈めたあとも続いてる」

マダラコがいきなり立ち上がり、岩屋の外をじっとうかがう。それがあんまりおっかなびっくりだから、マダラコに体をくっつけて暗闇に目を凝らしてしまう。なにも見えない。

「ここ、いたくない。オトガイ、火が消えそうだ」

マダラコのささやき声が、変な感じにゆれている。急いで木ぎれを足して火をつなぐ。

「行くあてなんかない」

背中をさすろうと伸ばした手をはじかれる。

「オトガイ、壁のうねうね、描いたのは、だれだ?」

「知らないよっ」

つい叫ぶ。マダラコが目を大きくする。きっとオトの目も大きく開いている。

「大きな声、出すな」

アカンボが泣くかと思ってのぞきこむと、マダラコの腕の中で口だけもぞもぞ動かしながら眠っている。ほとんどのうねうねはたどり終わっている。けど、まだ全部じゃない。続きをたどる。ヤキマが島に運ばれて、また二人のイソベリが矢を受けて倒れる。ジン叔父とアマビエだ。岩屋の入り口まで戻っている。これでうねうねはおしまいだ。アカンボは？　集落を追われたオトのことは？　それからどうなる？

「ねえオト、これ。うねうねが岩屋を出ていく」

気づかなかった。岩屋をはい出たうねうねが、崖の赤土をつたって続いている。

「どこまで続いているんだ。ウェレカセリはなにを描いた？」

木ぎれに火を分けて、闇に踏みだす。赤土に火をかざしながら、オトとマダラコはまた、うねうねをたどりだす。

次に来る印は、エビヌマだ。

見よ、エビヌマからエビやらカエルやらがはい出してくる。

「どうでもいい」

マダラコが吐き捨てる。

見よ、オオクチ壁が黒くなる。まだ慌てない。いよいよそのまえに地べたが三たび踊る。それからウナがちぢむ。浜がのびてシオダマリが浜になる、まだまだ伸びて島まで届く。こうなったらいよいよだ。

風に木々がさわぎ、マダラコにだかれたアカンボがぐずりだす。それでもオトとマダラコはうねうねをたどり続けるのをやめられない。ウェレカセリの声をじかに聞いている気がしてくる。腰を屈めて火が消えないように手でおおいながら、ツバキの茂みを抜け赤土の崖づたいに印をたどり、ウェレカセリの声を聞く。

なぜかまたウナクジラが出てくる。ちがう。大きな大きなと三度のくり返しの印が出てきたからまたウナクジラかと思ったけど、ちがう。あとに続くのは、波の印だ。それからまた大きなのくり返しだ。ずっと続く。十数えてもまだ足りない。そしてまた波だ。

オトガイよっ。ウナがふくれあがってて っ、なんでも呑みこむ大波がくるっ。砂を押しのけ岩を押しのけ、浜がふるえでんぐり返るっ。潮にまかれて、イソベリヤマノベでんぐり返るっ。ウナがはぜるまでに大舟にのれっ。ウナを渡った大舟まで走れっ。大舟にのったらしっかり手をつなげっ。みんなよくかたまれっ。みんな呑まれるなっ。ダンマリしている時じゃないっ。お喋りしているひまもないっ。だからウェレカセリは、ここでダンマリッ。

「これで本当のおしまいだよ、マダラコ」

しけった風がとおりすぎて、ざあっと水辺の葦をゆらす。闇のすぐ向こうに、エビヌマが横たわっている。木ぎれの火が消えて、さっとマダラコとアカンボが闇に呑まれる。

「オトガイ、怖い。岩屋に帰ろう」

言いながら、もうマダラコは走りだしている。びっくりしたアカンボの泣く声がどんどん遠くなる。闇が迫ってくる気がして、オトも逃げる。遠のく泣き声に追いすがり、マダラコと競《せ》りあうように走る。明かりがもれる岩屋に転がりこむと、火のそばで息を整えながら、アカンボが泣きやむのを待つ。

「ウェレカセリが描いたとおりになるよ、きっと」

「そんなこと、できない。オトガイ、川にサケあふれる日、言い当てるのと、わけがちがう」

「マダラコ、波が来る。大きな波が」

マダラコが「怖い」とつぶやきアカンボを腹に押しつけて背を丸める。炎がゆれて、オトの影が岩屋の壁に黒くふくらむ。いきなりマダラコが立ち上がり、火を踏み消す。

「お前、いやなことばかり言う。もう寝るからだまれオトガイ」

岩屋の闇より、マナフタの裏のほうがまだ少し明るい。引き戻された夢の中で波がゆれる。オトは舟の上でゆられている。

大きな舟が、ウナノハテノガタへと向けて動きだす。父カリガイはシャコガイの面を外して、ウナへと放り投げる。そのハイタイステルベは、カリガイじゃなくてオトだった。そっくりな舟とすれちがう。ウナノハテノガタからやってきた舟。だれものっていない、空っぽの舟。この地で、永遠に生き延びようとみんなが叫ぶ。ふり向くとみんなシャコガイの面をかぶっている。ダンマリ。舟はどこへ向かう？

まだ暗いうちにうるさくて目が覚める。マダラコがヤマノベの言葉で怒鳴りながら、岩屋のあちこちを木ぎれで叩いている。火を起こすと、あちこちに潰れたエビとカエルがころがっている。

「頭にくる。起きたら、アカンボの顔の上、ふんぞり返ってた。きりがない。疲れる」

木ぎれを渡される。エビもカエルもぞろぞろぞろぞろ、あとからあとから岩屋に入ってくる。オトガイはだんだん木ぎれをふるうのがおっくうになって、足で踏んづける。奥で見ていたマダラコがカエルに足を滑らせて、尻でほかのカエルを潰す。足の潰れたカエルが、腕だけで逃げていく。岩屋の中がしけってきて、ひどくにおう。

マダラコが唾を吐く。

「いやだよ、カエルの汁、口にはいった」

「いっぺん外に出よう」

ずるずる足を滑らせながら岩屋を出る。草っぱらが黒く染まって、くねくね波を打っている。たくさんのカエルとエビがからみあうようにしながら、這いまわり、飛びはねる。げこげこぎちぎち地べたで響く。「おえ」とマダラコがつぶやく。

マダラコはアカンボをかかえたまま、アマクモの森に走る。ブナの木につかまり、片手と足でするするとよじ登る。幹と枝とに脚をからませ、アカンボをだいていないほうの手をこっちに差し出す。

「つかまれオトガイ、引っぱり上げる」

雨の音がして、見ると雨じゃない。たくさんの細かい石がオオクチ壁をころがる音で、どんどん増えて地鳴りになって、土煙で岩屋が見えなくなる。

「見てみろオトガイ。中にいたら危なかった」

周りの枝がかんかん鳴りだし、かさなりあう枝葉をつらぬいて石が降ってくる。森の鳥たちがあっちこっちでさわぎはじめて、耳がおかしくなりそうだ。

小石が降りやむ。マダラコが「見て」とささやく。ブナの木の枝から見下ろすと、根元の地べたがうごめいている。クモやムカデやダンゴムシ、ミミズやヘビや地ネズミヤウサギ、イタチ、キツネ、サル、ハクビシン、タヌキの群れで、森から狭い草っぱらへ出たところで、エビヌマから這い出したエビやカエルの群れとまじりあい、大きな黒い流れになる。流れはところどころくびれたり盛り上がったりして、大きな黒いヒルみたいにのたうち、オオクチ壁に押し寄せ、うねりながら登り、おおいつくしていく。

「オオクチ壁が黒くなっていくよう」

マダラコの声が悲鳴に近い。

「みんな、森を逃げだしているよマダラコ。うねうねのとおりだ。ウナがふくれて、押し寄せる。なにもかも呑みこむ」

「困る、そんな」

「大舟にのるんだマダラコ。大舟なら知ってる。島で見たんだ。みんなに知らせないと」

枝をつたい下り、こわごわ黒い流れの中に立つ。虫もヘビも地ネズミも勢いのままよけていく。それどころじゃない、という感じでオオクチ壁にむかっている。

「マダラコ、大丈夫だよ」

背伸びして手を伸ばして、アカンボを受け取る。降りてきたマダラコの手を握りしめ、流れをかきわけ、踏みつけながら走る。アマクモの森を飛び出しながめが開けると、押し寄せる獣やブンブンの流れが、遠くかすむウナまでずっと続いているのがわかる。みんな、ウナから逃げている。

　集落にはだれもいない。広場でウナから逃げようと身をくねらせる砂まみれのタコとすれちがっただけで、どの小屋もからっぽだ。間に合うか。オオキボシはてっぺんを大きく越えている。

「だれも残ってないよオトガイ。先に逃げたか」

「シオダマリだ」

　マダラコと浜を駆ける。波打ち際で魚たちがはね、ウツボが重たい体を引きずるようにして砂浜をよじ登っている。波の音もいつもとどこかちがう。シオダマリにつくと、みんなが見える。タアリ婆がこっちを見る。口の周りの皺をうねらせて、カメをかかえている。

「なんでか知らんけどな、ウナのものが浜にあがってきよる」

　大きなカニをかかえたタンチャがよろける。甲羅の向こうから眉と額だけ怒って、口だけで思いだし笑いをしているような顔をのぞかせる。

「オトガイ、こんなに食べられないし、なんだかおそろしい。みんなとまどってる。ほら、あれ見なよ」

すこしはなれた浜にかたまっているヤマノベたちも、それぞれカニやカメやタコやぐったりしたウツボをかかえたまま、ウナを見てつっ立っている。

「これ、どうなるんだオトガイ」

溶けだしたウナクジラの頭だけが波に洗われて骨になっている。鼻先に腰かけてウナを見ている族長アイガネが、背をむけたまま「オトガイ、マダラコ」と言う。

「お前たちどこにいた？」

「ウェレカセリの岩屋だよ」

振り返った族長アイガネの、眉に半分かくれた目が大きく広がる。

「おお、生まれたか」

族長アイガネが、生まれた生まれたとくり返しながらウナクジラの鼻先から滑り降りて近づいてくる。アカンボの小さなホウベタにふれる。

「いやほんとうによく来たヤキノ。ああ、いまわたしはこの子をヤキノと呼んだよ。ウナとすべてのイソベリよ、そういうことだから、このアカンボの名はヤキノだ」

マダラコの腕に抱かれたアカンボがぐにゃりとのけぞる。黒い瞳が見える。オトを見ている気がして、呼んでみたくなる。

「ヤキノ」

族長アイガネがこっちを見る。

「波が、とてもいらだっている」

「アイガネ、聞いてほしい。このウナのこと」

族長アイガネは口を開きかけたまま、なにも言わない。ひそめた白い眉のすぐ下の、薄青色の瞳がじっと見つめてくる。族長アイガネは少しふるえていて、それを抑えるように片手で乱暴に自分の口元をおさえる。

ウナクジラの尾っぽの向こうから父カリガイの声が聞こえる。

「またまどわすつもりか」

ウナクジラが浜に落とした影の中を歩いてくる。あまりアマクサを吸ってないのか、瞳の青が濃くてゆれてない。どうしたら伝えられる？

「ウェレカセリに会ったよ、カリガイ」

「ウェエレカセリ？」と聞き返し、カリガイは空を見上げて何かにしがみつくような手つきをする。ハイタイステルベのカリガイをだます。でも、これっきり。

「ウェレカセリは言ったよ。大きな大きな波、オオクチ壁までとどくかもしれない波がなんども来るって言ったよ。ウナがふくれあがって、みんな呑まれる。ここも、集落もあぶない。どうすればよいかもウェレカセリに教えてもらった。みんなで島の舟にのる」

「舟？」

族長アイガネが眉に力をこめる。

「島に舟があるのか」

「サヤ舟よりずっと大きな舟だよアイガネ。大きな波がここも、集落も呑みこむまえに、みんなであの舟にのる」

父カリガイがオトッと叫び、顔を寄せてくる。

「まだ動けるイソベリたちを島に連れていくというのか」

ささやく父カリガイに、ウェレカセリはそう言ったよと返す。マダラコがあっと叫んで波打ち際から逃げていく。大きく立ちあがった波がおおいかぶさってくる。族長アイガネと父カリガイと三人で、髪の先からぽとぽとしずくを垂らしながら、それぞれを見つめあう。

「やっぱりおかしい。シオダマリで、いきなりこんな、荒っぽい波」

波はぎざぎざとがって、ウナの奥まで幾重にも重なっている。族長アイガネの後をついて、父カリガイと波打ち際から離れ、浜にかたまるイソベリたちのほうへ歩く。アイガネの言うとおりだ。ウナがおかしい。なにかもう、これまでとはまるでちがうものへとかわろうとしているようだ。

足の下の砂がさわぎ出して、だれかの大きな声が聞こえる。

「地べたが、うねるっ」

転びかけたマダラコの腕をつかんで、ヤキノを挟むようにしてしゃがみこむ。座りこんだタアリ婆が「立ってられないよ」と叫ぶ。ウェレカセリの言うとおり、地べたが踊っている。砂の下でなにか大きなものがうごめいているみたいで、気味が悪い。ゆれがおさまると、みんなに聞こえるように声を張る。

「これきりじゃない。地べたはまたゆれるよ」

「どういうことだ、オトガイ」

族長アイガネが言う。また地べたがふるえる。ウナクジラの頭の骨がガラガラと音をたてる。ゆれが静まるのを待ってもう一度立ち上がり、浜でしゃがんでいるみんなを見まわす。

「ウェレカセリは言ったよ。地べたが三たび踊る。まだ来る。あの黒くなったオオクチ壁を見て。ああなることだってウェレカセリは知っていた」

また地べたがゆれだす。イソベリたちが浜をころげるようにして、こっちに集まってくる。

「ウェレカセリは言ったよ。地べたが三たび踊る。だからみんな、もう地べたはゆれない」

オオキボシの光を吸って青みの薄まった瞳たちが見上げてくる。族長アイガネもオトの前に腰を下ろす。

「それでオトガイ、どうすればいい？」

ウナにむかって風が吹く。風は強くて、吹き続ける。どんどん強くなって、オトは体を折り曲げるしかない。砂浜に足がめりこんで、もっと力をこめないと、このまま体を持っていかれて沖まで押し流されそうだ。

「オトガイ、ウェレカセリはなんと言った。これからどうなる」

また風が強くなる。ウナに押しやろうとする。いや、ウナが吸っている。強く吸いこんでる。

「ああ、あの空ときたら」

叔母チマキマがつぶやく。雲がちぎれて形をかえながら、すごい勢いでウナにむかって流れていく。いらだっていた波が小さくうずくまり、三歩か四歩ぶん、沖にひいている。もうはじまっている。

「ウェレカセリは言ったよ。なんでも呑みこむ大波がくる。砂を押しのけ岩を押しのけ、浜がふるえでんぐり返る。潮にまかれて、イソベリヤマノベでんぐり返る。ウナがはぜるまでに大舟にのれ。ウナを渡った大舟まで走れ。大舟にのったらしっかり手をつなげ。みんなよくかたまれ。みんな呑まれるな」

　叫んだそばから怖くなる。大舟にのった先を知らない。舟にのって、手をつないだ後どうなる？　ヤキノを見る。マダラコを見る。みんなどうなる？

　印はエビヌマで途切れていた。

　つぶやくとマダラコの手が背中をあたためる。

「続き、オトガイが描け」

　なんでもないことみたいに言う。

　タンチャが叫ぶ。

「シオダマリがなくなっていく」

　みんながウナを見ている。まぶしくて目の奥が痛くなるほどだ。ウナに吸いこまれていく雲の影に追いたてられながら、泡立つ波打ち際が遠のいていく。白く光る砂が広がっていく。ウナに取り残された岩と水たまりが増えていく。トンノガネが指をさす。

「伸びるぞ」

砂地が広がって、岩場の根元までのぞいている。そこからぎゅっとすぼまって、ほとんど波に呑みこまれそうになりながら、島にむけて一本線をひくように、砂地が細く白くウナをつらぬいていく。

「島にいけばいいんだね？」

タンチャに聞かれて、そうだよと返す。二人並ぶのがやっとの砂地を、タアリ婆の手を引いたタンチャが島に向かって歩いていく。

父カリガイに肩を叩かれる。

「ここに残るよ、オト」

シャコガイの面を渡される。

「信じてないんじゃない。ウェレカセリが言ったならまちがいない。でもみんなは見るだろう。ハイタイステルべが見てきたものを。かくしてきたものを。すべてを信じられなくなるかもしれない。腹を立てるかもしれない。このカリガイのつとめ、それを引き受けることだ」

ムジのすぐあとを追いかける叔母チマキマが振り返り、「カリガイもオトガイも早くおいでよう」と叫んで駆けていく。

カリガイの指が伸びてきて、オトの顎をとんとん叩く。

「頼むぞオトガイ。イソベリにはハイタイステルべが欠かせない。こんな時ほど、欠かせない。ウナノハテノガタへと導くものが。それがお前のつとめ、これからのハイタイステルべのつとめだ」

父カリガイの背中に手を当てる。

「舟にのった後のこと、ウェレカセリはなにも言わなかった。どうなるかわからない。わかってるのはカリガイ、いまじゃないってことだよ」

「なにしてる」

族長アイガネがカリガイの腕を引っぱる。

「島をよく知るカリガイなしで、どうしてみんなを舟にのせる？　急げほら」

はねるように駆けてきたダツナミが、転びかけてカリガイにすがりつく。「矢を抜いてもらったのに、足が、カリガイ。まだ言うこと聞かない」カリガイがアイガネを見て、オトを見て、かたまりみたいにはっきりした声で「待ってるぞ」と言ってダツナミを支えて島へ歩きだす。アイガネに率いられ、イソベリたちが細い砂地を渡っていく。ウナに囲まれた小さな小さなイソベリたち。これしかいない、と思う。

浜に残されたヤマノベたちが、身を寄せ合っている。ヤマノベも両手の指で数えられるほどしかいない。ヤキマに矢を放ったあの黒いヤマノベがいる。マダラコをそのまま小さくしたようなチビのヤマノベを背負って、こっちを見ている。

「オトガイ」

マダラコがつぶやく。その黒い目に映る小さなオトがたしかめるように見返している。マダラコは細縄で胸に巻きつけたヤキノの頭に鼻を押しつけて、息を吸いこむ。ヤマノベたちに向かって叫び、大きく腕をふりまわす。黒いヤマノベが腕をふり、なにか叫び返す。ヤマノベたちも島に向かって走りだす。

「行こう」

マダラコの手を引く。こんな時でもヤキノはマダラコの胸の中で眠っている。風がやむ。沖までのっぺりと、こんなウナ、見たことがない。波一つ見えない。島へ細く伸びる、濡れた砂地を蹴り続ける。砂がはね上がるかすかな音だけ、あとはなにも聞こえない。耳がおかしくなりそうなくらい静かだ。ウナに映った空を雲が駆け抜けていく。走っても走っても、追い越していく。

ウナノハテノガタがあるのかないのか、わからない。でもカリガイの言うとおり、イソベリは島でなにもかも見る。ヤキマよ。イソベリがタビに出るよ。はじめてのタビに。

「オトガイ待て」

　つないでいた手が離れる。

「ヤキノ、ずり落ちかけてる」

　細縄をほどいてやるとマダラコがヤキノを持ち上げる。地べたを失い足をばたばたさせてあがく。泣く。しがみつくものを探して宙を引っかく。抱きしめる。足の行き場を見つけてマナフタを閉じる。

　島にたどりついたら、ハイタイステルベのまま、シャコガイの面の下から、みんなにこう言おう。舟は古くて穴が開いている。ちゃんと浮かばないかもしれない。大きな大きな大波に耐えられないかもしれない。ウナに投げ出されるかもしれない。イソベリ魚みたいな鱗もヒレもない。それでもつないだ手を離すな、持ちこたえろと言おう。それがかなった時に立っているところこそが、ウナノハテノガタだ。

見つけた水辺でひとしきり遊んだ少年が、男のところに戻ってきた。

「これ、カタツムリ。ひさしぶりに見たよ」葉の裏にいたのだという。殻の渦巻を指でなぞってしまう。

「生まれた時から螺旋を背負ってるんだよな」

「へえ」少年は関心なさそうに答えた。シャツから垂れる水があちこちから滴っている。

　男は視線を上げる。二十メートルほど離れた場所に、女たちがいた。

　乗ってきたエアスクーターがいよいよ燃料切れで、そこから乾き切った土地を何日も歩き、ここに辿り着いた。ほぼ同じ時に、彼女たちも、反対の方角からやって来たのだ。少女と犬と一緒だった。トーキョー跡地から来たのだろうか。

「どうして、仲良くしないの？」少年が言ってくる。

　ほかの人に会うのは久しぶりだった。最初、男は驚きつつも興奮し、挨拶を交わした。自分たちの帰る街はすでになく、高層のビル群もことごとくが崩れ、半壊しており、ともに暮らすべき人もいなかった。一緒に行動するのも悪くない、という思いも頭をよぎった。女のほうも笑顔を見せた。少女は、少年に近寄ると、その昔、クジラが大量の水を噴き出し、数十万冊の本をまき散らした話を、おとぎ話を語るように話した。トーキョーがあった時の物語だろう。しばらく子供たちと犬は、水遊びをしていた。ぎくしゃくしたのは、男の目が青く、女の耳は先がとがり大きいことにお互いが気づいたからだ。

　二人は表情を強張らせ、挨拶を交わした時とはうってかわり、警戒するように離れた。

「海と山だから」男は、少年に言った。古くから伝わる都市伝説で、前世紀には、科学的な根拠も見つかった。トーキョーがなくなった一因が、海と山の血筋にあるとも聞いた。

「一緒にはいないほうがいい」

「何で」

「ぶつかり合うからだ」

「いい人そうだよ」

男は答えなかった。

「出発しよう。水、できるだけ持っていく」男は、少年に言う。もう一度、視線を上げれば、女たちがこちらを見ていた。

「もっとここで休んでいたかったけれど」

一緒にいないほうが、近くにいないほうがいいんだ。男は自らに言い聞かせるようにし、歩きはじめる。

おおる。おおる。おおる。

どこからか奇妙な赤ん坊の泣き声が聞こえた。どこで？　とあたりを見渡してしまう。

「どこかで生まれたのかな。子供」

「ほかに人がいるようには思えない」

男は、少し前に、海と山のあいだで子供が生まれた、という話を思い出した。

そんなこともあるのだろうか。

少年が、少女に向かって、手を振っている。はじめは遠慮がちに、そのうち大きく。「これくらいはいいでしょ？」と男を見た。

男は、ふっと笑みを浮かべて、大きくうなずく。ぶつかり合う決まりだとしても、やり方はある。

少女も手を振り返していた。

――海と山の伝承「螺旋」より

巻末座談会　八作家が語る、〈螺旋プロジェクト〉のいままで

二〇一六年から一八年にかけて、中央公論新社創業一三〇周年記念小説誌「小説ＢＯＣ」に連載された、〈螺旋プロジェクト〉。八作家九人による同時進行の共作という文芸史上初の企画は、どのようにつくられたのか。二二年六月、螺旋メンバーの作家たちが集結。プロジェクト誕生の背景、コラボレーションが生まれた瞬間について話を聞いた。（構成／編集部）

〈螺旋プロジェクト〉が誕生するまで

——〈螺旋プロジェクト〉誕生の瞬間は、今から約十年前のことでした。まずその時のことを、伊坂さんにおうかがいします。

伊坂　二〇一二年の年末に編集長から、新しく創刊する文芸誌で、いろんな作家さんが小

説で年表を埋めていくような企画を考えている、という相談を受けました。まさか自分が参加するとは思っていなかったのですが、「同じあらすじをみんなが書けば個性が出て面白いのでは」とアイデアを出したのがそもそもの始まりです。ただ、同じストーリーにするというのはさすがに現実的ではなさそうなので、「対立」をテーマにしてはどうかと提案しました。僕は「少年ジャンプ」とかを読んで育ったので、対立軸を作れば面白くなるだろうと単純に考えただけだったんですよね。

――メンバーとして参加を決められたのは、どういう経緯だったのですか？

伊坂　その後、編集長に僕が提案した意図が伝わってなかったことが分かったので、企画書を書いて送ったんです。気付いたら参加することになっていました（笑）。これが編集長の作戦だったのかもしれませんね。

――みなさんはオファーが来たときどういう心境でしたか？

天野　最初はビビりました。伊坂さん発案の企画と聞いたので、断る選択肢はないな、と。

伊坂　いやいや、そんな訳ないでしょう！

朝井　完全にそうですよ。「あなたは伊坂さんの企画に選ばれました」って、デスゲームに招集された感じでしたよ。企画を説明されても最初は全く全容を想像できなくて、でもこれは引き受けたほうがいいという直感にしたがったんですが、予想の十倍大変でした。いい意味で。

伊坂　今の、いい意味で、って完全に後付けじゃないですか。（笑）

朝井　魔法の言葉ですよね、「いい意味で」って。普段、時代小説の作家さんやミステリの作家さんとお話しする機会がないので、新鮮でした。ちょうど、誰かと協力することが想像以上にない仕事だな、と少し寂しく感じていたときでしたし。

澤田　私も緊張しました。京都に住んでいるので、作家の知り合いがそもそも多くはなく、同業者に会ったとしても、「今書いている小説をどうするか」などの仕事の根幹について話すことはなかったので、レアな機会をもらえて楽しかったです。

乾　私は誘ってもらえてすごく嬉しかったです。「私ごときがこんな大きな企画に」という気持ちがあって。依頼した人の気が変わらないうちに入っちゃおうと思い、即答しました。絶対私なんて場違いですし、依頼した人も後悔するだろうけど、居座ってやろうと……。

吉田　僕も企画内容を聞いて、「自分が選ばれるなんて妙だな」という気持ちがありました。吉田修一《よしだしゅういち》さんとか、他の吉田さんと間違っているのではないかと。乾さんと同じように、ばれないうちにと思ってすぐ参加を表明したんです。

――編集部もさすがにそこまで失礼なことはしません。（笑）

大森弟　僕はオファーをもらったとき「本当にこの人たちと小説を作るのか？」と思うぐらい現実味がなかったです。いままで兄以外の作家さんに会うことがなかったので、とにかく怖い人はいないか、怒られないか、と心配していました。

伊坂　誰が一番怖かったですか？

大森弟　いやいや、怖い人はいませんでした！　みなさん穏やかな方でよかったです。

薬丸　僕もやっぱり伊坂さん発の企画という印象が強かったです。僕の場合はオファーの際に「明治時代を書いてほしい」と言われ、今まで現代以外書いたことがなかったのでびっくりしました。そのときは連載開始まで二年くらいあったので、なんとかなるだろうと安請け合いしましたが、かなり大変で後悔しました。それもあって、僕は辛口のコメントが多くなりそうなので、今日はあまり話を振らない方がいいと先に担当編集に伝えたのですが……。

朝井　怖い人いましたよ！（笑）

一番大変だった時代は？

――〈螺旋プロジェクト〉が始動して、第一回の会議は二〇一四年の五月に行われました。当時、初対面の方が多かったと思います。

朝井　大森兄弟さんとは初めてお目にかかったんですが、会議が行き詰まったときに空気を和らげてもらったり、本当に参加してくださってよかったなぁと。共通シーンを作る話し合いをしたときに、お兄さんが「鮭《さけ》の産卵」という激ムズな場面を提案されたのは忘れられない出来事ですよね。

大森兄　ありましたっけ、そんなこと……？

伊坂　ありました（笑）。でも大森兄弟さんの原始時代が、舞台設定として一番難しかったんじゃないですか。よく引き受けてくれましたね。

大森弟　プロの目から見て我々は原始時代が適任なのかと思い、そのまま引き受けました（笑）。戸惑いましたが、書き終わってみればこの時代でよかったと思います。吉田さんの未来も大変そうですよね。

吉田　未来であれば、ある程度自由にできるのかなと思ったんです。やってみたら大変でしたけど。

乾　でもやっぱり、天野さんがとてつもない長さの時代をカバーされていますよね。

天野　依頼の際、澤田さんが古代で薬丸さんが明治なので、その間の時代を全部お願いします、と編集者に言われました。

朝井　約千年。もはや〝ひとり螺旋〟だ。

――会議ではそれぞれの作家さんの執筆スタイルの違いも目《ま》の当たりにしたと思います。

伊坂　乾さんのプロットがすごかった印象です。初回から、もう完成してるんじゃないかというぐらいびっしり書き込まれていましたね。共通アイテムとして登場する「お守り」も、この時に乾さんが考えたものでした。

澤田　プロットには、主人公たちの喧嘩の場面に「平手打ち」とまで詳しく書いてありましたよね。衝撃でした。

乾　実は会議の一ヵ月前に父が亡くなったんです。ずっと元気だったのに、検査に行ったら突然余命一年と言われ、しかもその余命も待たず、二週間後に亡くなりました。そのとき、人はこんなにあっさり死んでしまうなら、自分も明日死んでも良いように、何を書きたいのか全部示しておこうと思ったんです。

伊坂　きっちりできあがっていたプロットの理由にそんなことがあったとは。

会議で生まれたコラボレーション

――それぞれの小説内にコラボ要素が登場しますが、それらを作ったときのことを教えてください。

朝井　大森兄弟さんの作品に登場する「ウェレカセリ」という造語を、伊坂さんがご自身の作品で拾ったのはすごいと思いました。

伊坂　いろいろやりましたね。澤田さんの初期プロットに「恵妙尼《えみょうに》」という登場人物がいたので、自分も作中に「恵妙子《えみこ》」を出したんですが、澤田さんの連載原稿を読んだら

消えてました。（笑）
澤田　その節はすみませんでした……。
天野　薬丸さんとは愛煙家同士として、会議の合間に喫煙室でコラボのアイデアを話し合いましたね。
薬丸　そのあとタバコの吸える喫茶店に移動して相談したりしましたね（笑）。僕はあまりみなさんにアイデアを出せなかったけれど、最後に天野さんと共通のキャラを登場させられたのは面白かったです。でももっとみなさんと絡めたらよかった。
澤田　コラボの内容をいつでも相談できるように、編集部で掲示板を作ってくれましたよね。
朝井　あ！　パスワードが一生覚えられなかった掲示板！　使用頻度少なかったですよね……。
乾　もっと活用できたら面白かったですが、連載が始まると余裕がなくなりました。
――すべての作品に登場する共通シーンを作ったときの会議はいかがでしたか。こちらは伊坂さんの発案でしたよね。
伊坂　そのとき見ていた海外ドラマに感動した場面があって、それを「螺旋」に反映できないかなと考えたんですよね。それで、雑誌連載の同じ回に同じシーンを入れるのはどうかな、と話したんです。みなさん同意してくれたので嬉しかったです。

朝井　みんなで話し合って「何かが割れるシーンを描く」ということに決まったとき、天野さんが「じゃあ千利休を出した方がいいかな……」と悩んでいたことをよく覚えています。自分は平成担当なので深く考えていませんでしたが、現代小説では当たり前のシーンでも、時代が違うとこんなにも書きにくいんだと気づかされました。

薬丸　大森兄弟さんの原始時代には、そもそも割れるものがなかったりしますよね。

澤田　「螺旋」の象徴としてつむじの描写を出そうという話もありましたが……。

天野　僕の担当している時代は、全員ちょんまげだから無理なんです。

連載中のこと

――〈螺旋プロジェクト〉を連載した「小説ＢＯＣ」の創刊時（二〇一六年四月）には、早稲田大学の大隈講堂で全員集合してのトークショーを行いました。約七百人のお客さんにお越しいただいた、大変大きなイベントでした。

朝井　大隈講堂でのイベントでここまで人が集まったのは、深田恭子さんが来て以来だと聞きました。（笑）

伊坂　緊張していて、とにかく朝井さんがすごく頑張ってくれた記憶しかない。

朝井　作家のトークショーって、みなさん椅子の背もたれに身を預けてゆったりしているようなイメージだったので、「とにかく自分が喋んなきゃ！」と勝手に焦って空回り。いつものことです。

澤田　会社から会場まで修学旅行みたいに、バスを借りて移動しましたよね。移動中は緊張しすぎて、「もうこのまま温泉にいこう」とか口走っていました。

伊坂　このときのイベントに来た学生さんが大学を卒業して、最近出版社に入社したって話を聞きましたよ。もうそんなに前のことなんですね……。

――イベントではこれからの展望などいろいろなことを語ってもらいましたが、印象的だったのは伊坂さんが薬丸さんに、「『フルマラソン探偵』という題材で小説を書いてくれないか」とお願いする場面。

伊坂　探偵がフルマラソンを完走すると事件の真実が閃《ひらめ》く、という。作品の八割くらいはマラソンの感動的なシーンで（笑）。対して犯人は、探偵の完走を邪魔する、みたいな小説ですね。

薬丸　そこまで構想が出来ているんですね。じゃあ「原案・伊坂幸太郎」と入れてよければ……。

伊坂　それじゃあ僕のせいになっちゃうので。（笑）

――いま改めて、伊坂さんが他のメンバーの方に書いてほしい小説はありますか？

伊坂　大森兄弟さんの完成した作品を読んで、本当に驚いたんです。固有名詞が使えない世界を舞台にして、あれだけのものを書いたので、逆に設定を未来にして、固有名詞が完全に自由に使える作品を書いてほしい。

一同　お～！

伊坂　でも、フルマラソン探偵も全然諦めてないので。みなさん書いていいですからね！　評判がよかったら僕が原作者として名乗り出ますから。（笑）

――二〇一六年から一八年まで、みなさんには「小説ＢＯＣ」に連載をしてもらいました。ただ執筆するだけでなく、毎回全員分の原稿を読んでもらうなど、とても大変な二年間だったと思います。連載完結時の心境はいかがでしたか？

天野　人生最大の解放感でした。

薬丸　本当に大変な二年間でしたよね。とにかく「やっと終わった」と放心しました。

伊坂　僕は天野さんや朝井さんがいつも締切よりずいぶん早く原稿を送っていると聞いたので、負けたくないなと思って執筆していましたよ。

澤田　刊行時の新聞広告の写真の並び順が、偶然にも原稿が早く上がる順番になっていたと聞いて、戦慄しました。右に行くほど締切を破りがち……。（朝井、天野、乾、伊坂、大森、薬丸、吉田、澤田の順番）

伊坂　そんな恐ろしい順番になっていたんですか？　じゃあ僕そんなに早くないじゃないですか！

一同　（笑）

「八作家が語る、〈螺旋プロジェクト〉のこれから」は、薬丸岳『蒼色の大地』巻末付録でお楽しみください。

初出　「ウナノハテノガタ」『小説ＢＯＣ』創刊号〜
十号（二〇一六年四月〜二〇一八年七月）
単行本　『ウナノハテノガタ』二〇一九年七月
中央公論新社

この作品はフィクションです。

中公文庫

ウナノハテノガタ

2022年11月25日　初版発行
2023年9月30日　4刷発行

著　者　大《おお》森《もり》兄弟《きょうだい》

発行者　安部 順一

発行所　中央公論新社
〒100-8152　東京都千代田区大手町1-7-1
電話　販売 03-5299-1730　編集 03-5299-1890
URL https://www.chuko.co.jp/

ＤＴＰ　嵐下英治
印　刷　大日本印刷
製　本　大日本印刷

Published by CHUOKORON-SHINSHA, INC.
Printed in Japan　ISBN978-4-12-207279-4 C1193

定価はカバーに表示してあります。落丁本・乱丁本はお手数ですが小社販売部宛お送り下さい。送料小社負担にてお取り替えいたします。

特報

螺旋プロジェクト 第2弾
始動

参加作家

伊坂幸太郎

武田綾乃

月村了衛

凪良ゆう

町田そのこ ほか